南风语 著

WENNUAN NI WO DE JIU SHIGUANG

温暖你，我的旧时光

广西人民出版社

图书在版编目（CIP）数据

温暖你，我的旧时光 / 南风语著. —南宁：广西人民出版社，2015.5
ISBN 978-7-219-09326-9

Ⅰ.①温… Ⅱ.①南… Ⅲ.①长篇小说—中国—当代 Ⅳ.①I247.5

中国版本图书馆CIP数据核字（2015）第029660号

监　　制　白竹林
策划编辑　唐柳娜
责任编辑　唐柳娜
责任校对　覃结玲
印前制作　麦林书装

出版发行　广西人民出版社
社　　址　广西南宁市桂春路6号
邮　　编　530028
印　　刷　广西大一迪美印刷有限公司
开　　本　875mm×1230mm　1/32
印　　张　8
字　　数　200千字
版　　次　2015年5月　第1版
印　　次　2015年5月　第1次印刷
书　　号　ISBN 978-7-219-09326-9/I・1781
定　　价　26.80元

目 录

第三章　暗恋综合征/051

在青涩的年华里，那些隐藏在心底的暗恋美好得一尘不染。你曾无数次勾勒他的形象，也在梦里编织着相聚和离别的戏码，甚至提起笔描绘着王子和公主的情节。可这一切的悲欢离合都是你一个人的戏份，他们的存在只是布景。

你暗恋着的那个人，只有一个躯壳，他的性格、他的灵魂乃至一切，都只是你虚构出来的影子，脆弱得一碰就碎。可那时沉浸其中的你，还自以为这是世间最不可动摇的盛大爱恋，任何人都无法替代他！

第四章　青春是无悔的张扬/075

曾有过的欢声笑语，在年少轻狂中张扬肆意。

那些往事点点滴滴、历历在目仿佛是今天。

只瞬间，年华不再。

一转身，物是人非。

第五章　少年笑如花/092

还记得吗？流年中纯粹又干净的岁月里，那个有着一头短硬头发，皮肤稍黑的少年，坐在银色的自行车上一脚着地，他逆光向你，阳光忽闪忽闪，投下一地剪影。

在那张扬不羁的年月里，倨傲的少年也在小心翼翼的试探中，坠入了万劫不复的深海，把所有的时光都留在了潮湿的梦里，让那段你以为会平淡无奇的岁月微波荡漾、笑靥如花。

楔子　遇见即是再见

有时候人生本就是一部狗血的尴尬剧，可安暮晴怎么也没想到狗血会在某一天将她从头浇到脚。

遇到季暮阳那天，原本是个晴空万里的好日子，明媚的阳光笼罩在城市的上空，微风带着稍酣的暖意扑在她的脸上。只是，下一刻，便是乌云密布，紧接着细雨连绵，安暮晴抱着漫画原稿纸到一家咖啡厅的过道避雨。

咖啡厅外面是整面墙的落地玻璃，上面能照出她目前窘迫的模样。她对着落地玻璃左照右瞧，还时不时地弄一下头发，最后无聊地摆 POSE。

这时，坐在里面的顾客看了她一眼后转头。片刻，对方像是被什么击中了一般，再次侧头，看向她。似乎是感觉到了异样的目光，安暮晴鬼使神差地趴在玻璃上，整张脸几乎都贴在上面。

然后，四目相对。

那一刹那，她的脑子一片空白。

随后，她惊愕出声："季、暮、阳?!"

有够逊的！

谁能料到几年后的重逢是这个样子。

咖啡厅里，端坐在季暮阳对面的安暮晴双手放在腿上，一时间尴尬得不知道说些什么好。

季暮阳将调好的哈密瓜味奶茶推到安暮晴面前，声音也褪去了学生时代的青涩，取而代之的是青年男子特有的声线，低沉而富有磁性。

“你喜欢喝的口味。”

话落，季暮阳双手交叉，身子懒懒地靠在了椅背上，目光直直地盯在了她的脸上，语气里不知道是嘲讽还是无奈：“跟他怎么样?”

“啊?”

“你和……白墨。”提到这个名字，他端起了面前的咖啡，不动声色地抿了一口。

“我跟他没什么。”

季暮阳将咖啡放回原位，抬眸，清亮的眸光带着几分探究：“闹别扭了，还是分手了?”

“我们从未开始，哪来的分手?”

“这关系撇得倒是干净，估计你跟别人提起我，也是类似的话吧?”季暮阳意味深长地说，“不过，那时候太年轻……年轻到，把自己的自尊践踏得面目全非，也仍执迷不悟。”

安暮晴捏紧手指，咬紧嘴唇。

原来，他还在介怀。

曾以为时间能抚平一切，却没想到，有些伤口裂了，就算痊愈也会留下些许疤痕。时光和岁月仿佛穿透了缝隙，那些几乎被掩埋的记忆，就这么破天荒地被开启。

依然记得那一年的那一天，消瘦的他穿着单薄的冬衣站在白茫茫一片的雪地里，飞舞的雪花纷飞如絮。

“无论我做得多好，你也不会感动。他只要随意靠近，我所有的努力都变成零。安暮晴，你让我知道这个世界，还有人这么没心没肺!”

然后，他转身，决然地离去，没有给她任何解释的机会。

那一天，没有道别也没有说再见。

直到最后亦没有怀念。

思绪回归，安暮晴吸了一口气，稳住自己的情绪。

“季暮阳，我有必要解释下，其实当初那封表白信，是周芹写给你的，只是由我代笔。”

季暮阳一声轻笑，语气波澜不惊，甚至还带着一丝漫不经心：“哦。”

“你都不问一下具体情况?”

安暮晴表示好奇，为什么他立刻就相信，没有任何怀疑?

“过去那么久了，你也没必要说谎。而且，我早就不喜欢你了。”季暮阳淡淡地说，“时间是最好的稀释剂，那些你以为无法忘怀的人，以为不可磨灭的感情，其实，不过如此。”

安暮晴鼻子一酸。

曾无数次幻想过他们重逢的情景，以及他们会出现的对话。

她的脑海里有千种设定，却独独没有这种。

往事种种，曾有过的欢声笑语，原来于他而言，不过如此。

良久，雨停。

阳光刺破云层，雨后的天空碧蓝如洗。

安暮晴起身：“时间不早了，我要走了。”

“我送你?”疑问句。

“不用!”安暮晴斩钉截铁道，“再见。”

所有的对话语调平淡，表情温和，看不出任何端倪。

再见。

然后。

再也不见。

遇见即是再见。

要多讽刺，有多讽刺。

走出咖啡厅后，安暮晴漫无目的地在街上走着，脑海里空荡荡的一片，心里也像是被挖空了一块，总觉得少了很多东西，但又不知道怎么填补。

“橘子十元三斤，好甜好甜，甜得就像是初恋的味道！”

就在她思绪抽空时，大喇叭反复播放的叫卖声吸引了她的注意力。只见一个小摊贩站在货车后面，车子上堆满了橘子。

安暮晴上前随便选了一些橘子，称了重，给了钱之后，她拿出一个橘子剥开塞进嘴里咬了一口，酸涩的味道在唇齿间蔓延开来。

这真的是初恋的味道！

酸到让人想掉眼泪，止也止不住！

这一刻，积累在心底，压抑了很久的辛酸一股脑儿地涌上心头。终于，眼泪不受控制地坠落，随后她缓缓在原地蹲下来哭得天昏地暗！

可是，难过又能怎样呢？

我们以为牢不可破的感情，就算是沧海桑田也不会改变，原来，时间除了可以让这个世界沧海桑田，也可以让我们自以为牢不可破的感情溃不成军！

第一章　此间少年

流年染指的思绪里，冰封的回忆在深处，总是温热如阳。在那最迷失又最张扬的青春里，一个傻瓜爱着另一个更迟钝的呆子，用他最纯粹的感情来委婉地呵护这份情感。

只是，曾给过你最初和最深感动的那个人，青涩而稚嫩的你没能先知先觉。多年后，当你能爱他的时候，再回首已然错过。

于是，一念之间，画地为牢。

1

这个世间有千万种遇见的方式，不管是哪一种都是命运赋予我们的。而对安暮晴来说，遇到季暮阳，是命运给予她的一场无悔的邂逅。

那一天的午后，刚升入高中的安暮晴去离学校最近的奶茶店。奶茶店的生意超级火爆，店内的座椅毫无虚位，就连店外排队的地方也是人满为患。

里面的店员忙得满头大汗，外面的安暮晴因为个子太矮看不到前方的情况只能跳起来看。就在她做第二跳的时候，头顶咚的一声撞到了人，然后她捂着发痛的脑袋回头，清澈的眸子

的红枫树，火红的枫叶在空中翻腾着落地。

“安暮晴，给我出来！”

“周芹，你也出来！”

“你们两个大骗子，我们要拆穿你们！”

“无耻！卑鄙！欺骗我们的感情！”

此时的校园空荡荡的，零星有几个学生在教学楼附近走动。但与之不相符的是，高中部一年级三班的门口聚集了大量的女生，她们每个人手里都拿着五彩斑斓的信纸，一副义愤填膺要吃人的模样。

班级的角落里，安暮晴蹲在桌子底下，她拉了拉以同样姿势蹲在她前面的周芹的衣角，小声道：“怎么办？我们被包围了！”

周芹翻了一个白眼，并以缓慢的速度站起来，刚站到一半，又猫着腰蹲了下来。

她偏头看向身后：“要不你先出去？”

安暮晴张大嘴巴：“我一个人？”

周芹点点头。

安暮晴猛摇头：“会被口水淹死的！”

“没事，我是你坚强的后盾。”

“你的意思是……”安暮晴不太明白这个“后盾”能起到什么作用。

按照目前的形势，她可以判断出，谁先出去谁倒霉。

“你先冲出去，我在你后面，然后承认这件事是我一手策划的。”

安暮晴惊愕：“你是要一个人顶住所有的压力？”

周芹再次点点头，大有壮士一去不复返的义气。

安暮晴伸手捉住她的手，眼里泛出感激的泪光："要不要这么牺牲？"

"咱俩还说这些真是太见外了，"周芹皱眉，只听她义正词严道，"我们是什么关系？从小的玩伴又是邻居，小学一年级到现在一直在同一个班，这种感情，是一般人能比的吗？"

安暮晴一听，立刻自责起来。

她们从小一起长大感情亲如姐妹，现在两人面临大敌处于水深火热中，她想的就是怎么逃，而周芹却想着一个人扛起所有的责任。相比之下，惭愧之情无限蔓延。

于是，她马上说："我留下来跟你共患难！"

周芹嘴角一抽："一个人倒霉总比两个人遭殃好，这都放学二十分钟了，再不回家，我老妈又要怀疑我在学校搞七搞八的，所以你先回去稳住我妈。"

安暮晴和周芹从小是邻居，两家父母的关系也不错。不同的是，安暮晴每次考试总是年级第一，而周芹成绩处于中下游，所以她的父母对她管得比较严格，每次出去玩或者做什么都会被限制。

可是，如果周芹能拉着安暮晴做伴，他们就不会说什么，理由是安暮晴是好学生，周芹跟她一起玩，绝对不会变坏。而每次她做错事要挨骂的时候，她也拿出安暮晴这个挡箭牌："安暮晴当时也在场，她也支持我这么做。"于是事情也就不了了之。

总之，成绩优秀的好学生安暮晴于她而言，就是挡箭牌的最佳神器，没有之一！

“那好吧！”安暮晴决定采纳周芹的意见。

她胡乱地抓了几本书塞进书包后背在身上，然后匆匆忙忙地冲了出去。

前脚刚踏出教室，后面就传来周芹落井下石的声音：“她出面跟你们谈判和解释！”

安暮晴懵了，这是……

没等她反应过来，外面的女生有的扯着她的胳膊，有的拽着她的书包，还有的恨不得抱住她的双腿不让她走。

教室里的周芹火速收拾好东西后，一溜烟地逃走，速度快得令人咂舌，可怜的安暮晴被一众女生围堵包抄，进不了，退不得，只能傻愣愣地站在原地，任由她们愤怒地指责她。

“说，为什么这么做？”

“你还有没有节操？”

“你是想表现你的文笔，还是证明自己很有魅力？”

……

面对她们的斥责和质问，安暮晴的脸青一阵白一阵的。

为什么会沦落到这个境地呢？

这还得从那天无聊地附和了周芹的提议开始。

刚升学那段时间，她们的内心除了充满对进入高年级的喜悦，还有对新生活和新环境的向往。周芹是一个社交高手，刚入学就认识了不少人，而学校里流行用书信来往的形式“交笔友”，她也加入了其中的行列。

从最初的觉得异性交流不过瘾，到最后向高难度挑战——以男生的名义给女生写信。但女生的字体和男生的字体很容易辨认出来，可安暮晴的笔迹刚劲有力非常有男生的范儿，如果她当主笔人，从字迹上完全可以以假乱真。

当周芹把这个扭曲的想法告诉安暮晴的时候，她连自己都无法解释地答应了。然后在周芹的带领下，用自己华丽而唯美的文笔，写了数封信，最后周芹当“信鸽”随机送了出去。没想到每个接到信的女生，被安暮晴的文笔迷住，最后对她的存在抱了童话般的幻想，最终在学校深挖，想见识下能写出如此漂亮文字的男生，有着怎样秀气的脸。

可深挖的结果是她们的少女梦碎了——对方是女生！还是一个刚升学的女生，小小的，瘦瘦的，除了成绩好，没什么特别的优点。

于是，这些沉浸在幻想中的女生集合在一起，为她们付出的感情和写出的信，讨回一个公道。

“对不起！”安暮晴只能道歉，“我只是觉得很好玩，没想到会伤害到你们！”

事实也确实是这样，她只是觉得冒充男生写信给女生蛮有意思的，至于后果她从来都没想过。

有个女生可能是入戏太深，幻想着写信的男生多么美好多么帅气，可残忍的现实让她无法接受。她突然就哭了，然后抹了一把眼泪：“你以为道歉就可以了事了吗？”

见她哭了，安暮晴有些内疚了，她低着头问：“那你们想怎样？”

女生们怒瞪着她，一副要把她吃了的样子，安暮晴见势不妙，奋力地往外挤，她懊恼自己为什么要做这么荒唐的事情，真是自作孽不可活！

好不容易逃离包围圈的时候，安暮晴发现衣服被拉破了，头发也乱得不成样子。

跑到校门口的时候，一群男生整齐地靠在墙壁上，在他们注视的前方，一个身材修长，穿着校服的女生正拿着一本书坐在绿化带附近的石凳上看。

夕阳的余光落在她精致的脸上，晚风撩起她柔顺的长发，她洁白又纤细的手指翻动着书页，长长的睫毛随着她眨眼的动作一颤一颤的。

男生们就那样地看着她，时不时有男生想靠近，但走了几步又退了回去，其他男生立刻嘲笑了起来。

丁零丁零——

随着清脆的单车铃声响起，穿着干净的校服，剃着清爽短发的少年骑着辆造价不菲的山地车呼啦地蹿出来。

他一个侧头，朝着女生的方向喊道："林颖，需要专职司机吗？"

林颖抬头，与少年对视一眼后，她腼腆地笑了笑，然后伸手将长发撩到耳后，露出洁白的脖颈和形状漂亮的耳朵。

对面靠着的男生们看得一阵阵骚动。

"山地车不能带人的吧？"林颖的声音柔到骨子里。

少年捏着刹车，随即单脚着地，他扭过身拍了拍后座："为了能载你回家，我装了后座！"

林颖低下头又是一阵羞涩的笑，她合起书，将另一边的头发也撩到耳后，她的每一个动作每一个眼神，在男生眼中都是极度迷人而优雅。

"女神每次都搭理这小子，真不爽！"

"家在本市就是方便，不像我们还要住校，在家多舒服。"

……

少年和林颖的对话，听得靠在墙上看女神的男生们一阵阵冒酸水。

就在林颖走向少年的后座时，安暮晴跌跌撞撞地跑了出来，后面有一大群女生追赶。她边跑边往后看，忽然，她猛地撞到了少年的身上，还没等少年明白是怎么一回事，两人以最狼狈的姿势倒在地上。

安暮晴迅速爬起来，她看也没看男生，将他推到一边，然后扶起他的车子："帅哥，借用一下，谢了！"随即，她跨上车子，身体一倾，准备发力。

"喂，你——"

少年原本想提醒她，自己的裤脚被车子钩住了，可是此时的安暮晴在逃命中，她哪里顾得上那么多，双脚一踩，车子往前飚走。

只听刺啦一声，少年的校服裤子被拉破口，随后一直开裂到大腿根，最后裤子被扯断，才阻止裂到腰部的悲剧。

安暮晴踩着山地车，车上还挂着一缕校服裤的碎片，在晚风中飘啊飘的……

后面，少年尴尬地捂着被撕破的裤子，然后环顾四周，最后目光落在林颖脸上。林颖憋着笑，脸涨得红红的，她捂着嘴巴扑哧一声笑了出来。

"哈哈哈——"

"啊哈哈——"

靠在墙上的男生们笑了，就连追安暮晴的女生们也停下了脚步，然后集体看着少年笑得前仰后合。

此时此刻，所有的注意力都集中在少年的身上。

少年尴尬得恨不能立刻找个地洞钻进去，他一手捏着裤子破裂的部分，一手遮着脸又气又无奈地往前走。

“季暮阳，快点找人家对你负责!”

“这可是露大腿的事情，吃豆腐也不是这么吃的!”

“这也只能以身相许了，从今往后，你就是她的人了!”

……

男生们幸灾乐祸地起哄，然后还吹着口哨，最后又看向了林颖。

每个男生心里，都会有一个共同的女神。

女神的不二法则，就是拥有一张漂亮的脸蛋，一头黑长的直发，一双明亮的大眼，当然，还要有温柔矜持的性格。

而每个男生在青葱时代，都会暗恋或明恋一个女神，最后随着审美的一致化，喜欢其他女生的男生也会将注意力集中在同一个女神身上。因为女神是大家公认的美女，仿佛只要不喜欢她，就是审美奇特，或者有什么问题一般。

而林颖，就是让所有男生趋之若鹜的存在!

季暮阳在林颖面前颜面尽失，看来以后很长一段时间，这个竞争对手都不会出来搔首弄姿刷存在感了。

3

最近学校闹得沸沸扬扬。

其一，莫过于刚入学的小学霸女生冒充男生跟女生“交笔友”，她凭借雌雄莫辨的字体以及细腻的笔触俘获大部分女生的芳心，结果被拆穿后遭到围攻。

事情传到校教导处主任和校长那里后，不到一天学校下了禁令：学生在校期间禁止通过书信的方式“交笔友”。而小学霸也被学校严厉批评。

其二，二年级的季暮阳在学校也算是惹人瞩目，他帅气的外表、殷实的家境以及颇为张扬的个性成为招揽人气的源泉，可现在居然被小学霸抢走了山地车还拉破了裤子，成为每个学生口口相传的笑料，着实让季暮阳声名远播！

这天，在课堂上，挺着啤酒肚的数学老师正在讲着复杂的函数，坐在最前排的安暮晴托着腮做着认真听课的姿势，而实际上，她正眼皮下压，望着桌底下铺展着的挑战书。

挑战书字迹潦草，笔形毫无规则可言，更可怕的是，对方写出来的话语句不通，让她读起来非常的费力，好在她语文学得好，连续看了三四遍之后，终于理清了写这封挑战信的主人想要表达的意思。

无非就是对她冒充男生欺骗广大女同胞的行为表示强烈的谴责，并且对她的行为表示不齿和唾弃，对方要为她们讨回一个公道，约她晚上放学后在校门口见，如果她逃跑的话，就让她的脸变成猪头。

“猪头写成煮头。”安暮晴嘀咕了一声后心里直叹息。

她还真想见见字写得这么丑，语句表达这么不通顺的人到底长得多凶残。

有句话不是说，人如其字，字如其人吗。

晚上放学的时候，安暮晴从学校的停车场将山地车推了出来，出校门口的时候，周芹站在那等她。

安暮晴将山地车放在一边问："你怎么没回家啊？"

"哎，你这山地车是不是季暮阳的？"

安暮晴的脑海里浮起山地车主人的身形，以及他的大致轮廓，可是怎么想也记不清他到底长什么样，自从那次她"借走"他的山地车逃过一劫后，就再也没碰见他。每次想还他车子，总是找不到人，想打听他在哪个班级，又不知道他叫什么。

为了还回山地车，安暮晴都想在学校的宣传栏贴寻人启事了。

"他叫季暮阳？"

"别告诉我你不知道！"周芹张着嘴巴，"你知道他多出名吗？家境富裕，长相帅气。"想了想，又追加一句："因为你，他的名气更上一层楼，都快永垂不朽了！"

周芹扼腕。

多么积极向上又年少有为的少年，多么帅气又朝气的少年，多么魅力四射又前程似锦的少年，就这样地，毁在了安暮晴的手里。

可当事人，居然不知道那个因为她而变成倒霉蛋的人到底叫什么。

实在是太心酸了！

真是闻者伤心听者落泪！

安暮晴嘴角一抽，她辩驳道："我怎么了？不就借了他的车子，又不是把他给弄死了，还永垂不朽呢，会不会用词？"

"你是不是借他的车子我不清楚，但是……"

周芹顿了顿，总不能说"你撕了人家的裤子"，这太不文雅了，而且有损男神的形象！

“是谁说跟我患难的？”安暮晴噘着嘴巴，“我知道我做的不对，不应该对她们做那么过分的事情，可是你也不能阴我啊！”说什么一个人承担责任，结果是让她一个人进入火海！

周芹心底一阵发虚，安暮晴这是在跟她翻旧账呢。

“那天我是太紧张了，当时我是想说‘我来跟你们解释’，一着急就说错话了。”

“是这样吗？”

周芹立刻站直身子，让自己看起来可靠又正直：“那当然！”

“你们哪个是安暮晴？！”

就在这时，一声霸气的女声打破两人的对话。

安暮晴朝着声源处看去，在她们对面站着两个女生，一个女生穿着一身运动装，干练的短发混在男生堆里绝对看不出她的性别，她的五官算不上好看，但组合在一起却有种英气。

另一个女生长得精致又秀气，她穿着色彩鲜艳的长裙，留着中分的长发，头发微微烫过。

“她！”

周芹双手推着安暮晴的后背将她往前送。

没等安暮晴说话，周芹心急火燎地逃到对面的奶茶店，一下就不见了影子。

阳瑾单手叉腰居高临下地乜斜身形娇小的安暮晴，声音洪亮如钟：“就你不尿嘛，这么点小个子，肚子里不少货啊！”

安暮晴最讨厌别人鄙视她身高了，这是她的底线和禁区。“我知道我做得不对，对于我的行为我郑重地道歉！她们骂也骂了，犯人都有改邪归正的机会，为什么不给我一个机会？”

“哟嗬，挺能说的！”阳瑾偏头看着身侧的方初莹，转过头盯着安暮晴。

安暮晴连连后退，看她的架势似乎很厉害的样子，人家人高马大的，她可是袖珍小女生，明显没优势。

当阳瑾走到她面前时，随即抬起手很自然地搭在她的肩膀上，“情书写得不错。”

“哎？”

不是来找碴的吗？现在这是什么情况？

就在安暮晴不明所以的时候，阳瑾搭在她肩膀上的手改成了亲昵的搂抱姿势。

“你能搞定女生，能不能搞定男生？”阳瑾大大咧咧地说，“就是很难搞定的那类男生！”

安暮晴呆怔了一会儿，半天冒出一句：“没试过，不知道。”

“那我就给你一个机会！”

“不用。”

被女生追着打已经够惨了，她不想被男生追着打，那可是会要小命的活。

“试试啊，不试就退缩，你还是传说中的小学霸吗？”

阳瑾搂着安暮晴将她往奶茶店里带，方初莹紧紧地跟在她们身后一句话也不说，安静得像是不存在一样。

走到奶茶店，坐在里面喝奶茶的周芹见到阳瑾和安暮晴搂抱着进来，一口奶茶喷了出去，惊得眼珠子都快掉下来了。

阳瑾是有名的女霸王，在女生中她是无对手，就连男生她都是一手一个给撂倒，其战斗力是逆天的存在。

原本以为今天阳瑾找安暮晴，她不残废也要青十几天的脸，结果……

这亲昵似好姐妹的节奏也太诡异了吧？

阳瑾挥手熟练地说：“老板，来三杯奶茶，六根烤肠，三个大鸡腿，还有三份草莓沙冰以及两份水果沙拉！”然后她将安暮晴摁坐在椅子上，自己和方初莹坐在了对面。

安暮晴为她点的分量咂舌：“你一个人吃这么多？”

“你不是人？”阳瑾瞥向身侧的方初莹，“她不是？”

“不用这么客气吧，我……”

阳瑾迅速打断她：“你请！”

安暮晴摸了摸口袋：“我没说请客。”

“你这孩子，怎么这么不灵光呢。”阳瑾啧啧叹息，“我最喜欢对我掏心又掏费的人。”

安暮晴认真地说：“心肺挖出来会死的。”

“所以才让你掏费啊！”阳瑾大拇指和食指来回捏着，做出“金钱”的手势，“女生们心灵上的伤害无法磨灭，但是你可以在物质上弥补。”

“你的意思是，你也是受害者之一？”

“别废话，把钱掏出来，不然揍你！”

安暮晴傻兮兮地将所有的钱抓出来放在桌子上：“只有三十块，全部家当！你真要揍我的话，有个小小的请求，别打头，我妈说了，打头不长个子，我还想在青春期的尾巴突破下。”身高是她的硬伤，所以她一直的梦想就是长高点，这样就不用被人戏称“小矮子”。

阳瑾的脸一下子就暗了，还没等她说话，一个爽朗的声音传来："老板，来两杯奶茶！"

随即，阳瑾的脸突地就红了，然后她猛地低头，本来还凶巴巴的模样，一下子变得柔情似水，转变之快令人无法招架。而坐在另一边的周芹也下意识地坐直了身子，脸蛋也不自觉地变红，那双眼睛一会儿左看看一会儿右瞧瞧，就是不敢正视前方。

安暮晴好奇地往后一看，只见穿着灰格子衬衫的季暮阳跟一个皮肤稍黑的男生勾肩搭背地进了奶茶店。他们穿着一身足球运动衣，满身都是汗，显然是刚踢过一场球赛。

"今天有张亦驰的球赛？"一直不说话的方初莹终于开口说话了。

阳瑾懊恼地跺脚小声地说："不是说他今天没安排吗？"

很快地，张亦驰见到了阳瑾，他抹了一把脸上的汗，然后拽着季暮阳往外走："算了。"

"哎——"季暮阳知道他忌讳什么，但还是坏坏地把他往回拉，"奶茶都点了，走什么啊？"

当他连拖带拉地让张亦驰反身时，眼角的余光瞥到了安暮晴。

他像是被电击中般地打了个激灵。

"还是走吧！"

季暮阳拽着张亦驰往店外走，这让张亦驰很不理解，刚才还是一副想要故意给阳瑾制造机会的态度，现在怎么又良心发现了？

"喂——"

同一时刻，安暮晴站了起来朝季暮阳挥手。

季暮阳头也不回，拉着张亦驰就要跑。可是安暮晴的速度更快，她冲到了季暮阳面前打量了很久才说："上次借我山地车的人是不是你啊？"

"山地车？"张亦驰看了看安暮晴又回看季暮阳，很快他就反应过来，表情变得又惊又奇，"你就是那个小学霸？写情书那个？"

其实安暮晴只是以男生的身份跟女生"交笔友"，学生以讹传讹的能力强得离谱，到最后流传成她以男生名义写情书给女生。

"你认识我？"

"久闻大名，只是未见其人。"

"你叫季暮阳是吧？"安暮晴自顾自地说，"那天迫于形势没经过你的同意就借了你的车子，后来想还回去可不知道你叫什么，一时半会儿又碰不到你，所以——"

季暮阳打断她："讲重点。"

"还你车子，还有——"安暮晴边说边从校服裤的口袋里掏出一块碎衣片，"这是后来我在车子上看到的，这是你擦车的抹布吗？既然随车携带说明经常用到，我给你洗干净了！"

话落，她献宝似的将季暮阳当时被撕裂的裤子碎片双手奉上。

季暮阳的脸火辣辣的，他不禁痛苦地扭过头，心里只有一个念头：让这白痴消失吧，让这白痴立刻消失吧，让这白痴永久地从这个地球消失吧！

"噗——"

身侧的张亦驰很不厚道地笑了，他替季暮阳接过安暮晴认真洗过的"抹布"，手肘捣了一下季暮阳的腰。

“我说的不是这个。”

她说的根本不是钱的问题，而是她的“借车”事件已经成为季暮阳的黑历史了。只要他活着，别人就想取笑他，这件事丢出去绝对是百分之百的笑料，重磅得不能再重磅了。

“不过……”安暮晴的思维跳跃很快，“原来我们这节体育课跟其他班重合，可是我听说，我们一年级的体育老师只有一个人啊！”

“拜托，那是二年级好不好！”周芹真想一脚将她踢出操场。

她到底有没有认真地了解过季暮阳？“借”了他的车子，“撕”了他的裤子，最后还弄丢了他的山地车，最后的最后还还了他一笔“大钱”。经过这么多事，她居然不知道季暮阳是她的学长！

“哦。”安暮晴露出“原来如此”的表情来。

这时，周芹又八卦了句：“不过我听说我们体育老师正在苦追那个女老师！”

“是吗，那怎么不见我们体育老师有所表示？”

就在安暮晴的疑问发出去后，男老师吹着哨子然后说：“立正，列队，跟我来！”随后他手一挥朝着季暮阳所在的班级跑去，浩浩荡荡的队伍跟在他后面一直跑到季暮阳所在的班级区域才停下。

男老师李老师羞涩地说：“小杨啊，你们班的体育成绩一直不错，我想让他们跟学姐学长们多学学！”

女老师杨老师腼腆地笑着：“我们班也只是马马虎虎。”

“这节课我想教他们打排球，到时候让他们跟你们班的学生切磋下！”

“行。”

这话一出，安暮晴班上的同学心都凉了一大截。李老师只顾搭讪给自己制造机会，却将他年幼单纯的学生推向了火坑！

让一群从来没打过排球的菜鸟跟高年级学姐学长切磋，这不是以卵击石吗？

“李老师他是疯了！”周芹附在安暮晴耳边说，“哪有人在心上人面前把自己最弱的一面丢出去，好歹也要把我们训练成高手再去表现啊！”

安暮晴没有心上人，所以她自然对周芹的话无法理解。在她的思维里，喜欢一个人就应该像李老师一样找对方说话，只要能说上话，管他用什么方式呢！

直到后来，当她偷偷喜欢上一个人时才发现，你只想把自己最优秀的一面展现给对方看，所有糟糕的一面全部隐藏，唯恐被发现丢了面子。

李老师得到了应允，自然高兴得不得了，上课的时候甭提多有劲了。他先讲解了一下排球是怎么打的，然后简单地介绍了一下排球的规则，最后带着他们练习十分钟，再组队十分钟配合，剩下的二十五分钟跟高年级切磋。

安暮晴和周芹被安排成搭档，对手是两个身高蛮高的女生，以安暮晴的身高需要努力地仰视，其中一个扎着马尾辫的学姐看起来特别熟悉，她似乎在哪里见过，但一时半会儿又想不起来。因为这个学姐从一开始，就用一种极为怨念的眼神盯着她，让她浑身不舒服。

轮到她们对决的时候，安暮晴和周芹走进了场地，摆出了迎战的姿态。

季暮阳坐在最角落，平时最喜欢疯的他，特别的安静，原因是他不想太张扬，因为一旦安暮晴被认出来，他的“撕裤子事件”也会被挖出来短话长说。

场地中间，安暮晴和周芹很费力地招架，但明显不是学姐们的对手，才开场几分钟，就比出了0：8的难看成绩。

“就是那个小矮子?”

“看起来像。”

这时，季暮阳听到坐在他前面的两个女生在说话，一听到阴阳怪调的语气，就能感觉出她们的不爽。

“就她能冒充男生欺骗大批女生的感情？矮成这样，她到底是怎么做到的?”

“人家是学霸，文采飞扬。”

“丑人多作怪！也难怪，上帝给了她矮个子，当然要给她一点甜头，不然这种人活在世上也没意思。”

说到最后，成了人身攻击。

“喏，我们的许静就被她给骗了，最后学校也没惩罚她，成绩好了不起呀!”女生越说越气，“我要是许静就一定要给她点颜色看看!”

“许静不是正在跟小矮子切磋吗？最好打偏，砸在她脸上，让她丑上加丑。”

“行了吧你们!”只是听众的季暮阳忍不住插话了，“有本事别拿别人的短处来攻击，比比人家的长处!”

两个女生同时转头看向季暮阳。

季暮阳不论在班上还是在学校都有众多爱慕者，这其中包括她们。

女生A气急之下，也不顾季暮阳怎么想，她立刻质问："你觉得她冒充男生写情书欺骗女生感情是可以原谅的？难道你不觉得她很过分？"

季暮阳耸肩："我听说的版本是，她冒充男生名义跟女生'交笔友'，而不是'写情书'。当然，不管是哪种情况她的行为都不对，可她及时地道歉了，当时那些女生也围攻她了，她已经得到了应有的惩罚，个人觉得够了！"

女生B马上反驳："道歉有什么用，那些被欺骗的女生……"

"一个巴掌拍不响！"季暮阳冷笑，"交笔友这种事情又不是单方面能完成的，而且那群女生人都没见到就爱得死去活来的，光是听听就觉得匪夷所思。遇到事情，还是从自身找问题，别老是在别人身上找原因。"

本来季暮阳还算是她们心里的男神，但是凭着他站在安暮晴那边，男神立刻变男婶了。她们决定移情别恋，用所有的精力去追随那个刚转学来的"忧郁王子"。

让季暮阳见鬼去吧！

她们暗想。

女生B不爽地说："听说你被她害得很没面子，你居然还帮她说话。"

"我只是就事论事，你们——"

话犹未了，嗖的一声，一个排球带着风的劲道砸在他的脸上。

季暮阳的头向后一歪，然后捂着脸趴在地上半天都没办法动弹！

“安暮晴，你到底是怎么接球的?”

场内，周芹跳起来猛敲安暮晴的头，真是岂有此理，砸谁不好，不偏不倚砸到她男神的脸上，看男神痛苦捂脸的样子，要是破相了那可怎么办?

安暮晴叫道：“我不是故意的！”

周芹愤愤不平道：“你绝对是有意的！”

回神的安暮晴急匆匆地冲上去：“学长，对不起！”

季暮阳一手捂着脸，一手举起来做出“别过来”的阻挡手势，然后脱下校服遮着脸，几乎是以最快的速度往医务处跑。

女生A和B捂着嘴巴偷笑不已，心里还有那么一丝暗爽：让你帮她说话，人家不但不感激，还出手伤人，活该！

安暮晴原本想去追季暮阳看看他被砸成什么样子，顺便赔下医药费，可是刚跑没几步，就发现自己的裤子在往下掉，她立刻伸手提着裤子把周芹叫到一边。

“腰带坏掉了！”

“好好的腰带怎么坏了?”周芹低头一看，发现那根细细的腰带松松地挂在裤子边缘，上面有一道整齐的切口，应该是人为的，“刚才谁靠近你了?”

“不知道！”

当她的球砸到季暮阳的时候，大家的注意力都投在了他身上，她周围也围了不少人，那种情况下，谁还注意其他的。

“真缺德，有人割你腰带了！”

周芹跑到李老师面前说安暮晴不舒服要送她回教室休息后，两人火速离开。

5

孽缘啊!

坐在图书馆的季暮阳肿着一只青紫的眼望着抱着一堆书进来的安暮晴，他的心里只有这一个想法。

季暮阳从来就不是一个喜欢看书的人，所以他的成绩一直是中等偏下。为什么要来图书馆装好学生呢？原因无非就是……

季暮阳一个斜眼，目光看向了坐在窗边的林颖：女神在此，必须追随!

当然，此时图书馆里坐着的大部分男生都是冲着她来的。

安暮晴将书还回去后，跑到小说区借小说看，这让季暮阳很好奇，学霸不都是泡在课本和习题里面吗，为什么她奇葩地跑去看课外书？不过他已在心底把她归类为奇葩了，所以她不看课本看小说也是正常的吧。

同一时刻，安暮晴的视线投了过来。

季暮阳拿高书，低下头，尽量将自己藏好别被她看见。

可一个人往往怕什么，什么就会发生。

“嘿，学长!”

寂静的图书馆里，安暮晴的一声呼唤成功吸引了大家的目光。

季暮阳此刻只想立刻隐身，哪怕是地下有个洞，就算是当着女神的面他也愿意不顾形象地钻进去，因为遇到她准没好事。

果然，没好事的来了!

“学长，你的眼睛青了!”安暮晴惊呼，还抽掉了他挡脸的书，“医药费多少，我来付！”

“不用了。”季暮阳颤抖着双手拿回书继续遮脸。

“那不行！”安暮晴很自然地坐在他身侧，还伸手戳了一下他青紫的眼，“痛吗？”

季暮阳被她戳得眼泪都快掉下来了！

“你是不是跟我有仇啊，我招你惹你了？”季暮阳低声说，“咱们明人不说暗话，你是不是还为那件事记仇，你们女人也太小肚鸡肠了！”

他都被她弄出那么大的笑话，也只是当时想捏死她，事后他也只是在别人揭短的时候觉得尴尬没面子，但也没记仇到刻骨铭心呀。

“哪件事？”安暮晴不明所以。

他得罪过她？

“少装了！”季暮阳牙齿咬得咯咯响，“那天在奶茶店，我说你喜欢的口味都是‘黄色的’，不就一句玩笑话，至于吗？”

原来是那天！

安暮晴终于想起这件事来，不提她都不记得了。

“黄色怎么了？黄色挺好看的！温暖又明亮，怎么就让我记仇了？”

季暮阳瞪着眼睛，嘴巴张大。

他刚听到什么了？

她到底是真不懂，还是在装纯？

“你平时看课外书吗？”

安暮晴将手里的书在他面前晃了晃：“我经常看这类！”

季暮阳低头瞥了眼，看了名字突然觉得眼前一黑，居然是

《安徒生童话》!

谁能告诉他，这白痴到底是怎么当上学霸的……

图书馆内，坐得最近，看得最清楚的几个男生凑在一起窃窃私语。

“季暮阳怎么跟这女生走得这么近?”

“他的眼光怎么变得这么奇怪了？难道是被林颖拒绝久了，所以才心灰意冷吗?”

“那也不能降低要求，这分明就是仙女和丑小鸭的区别。”

“管他呢，他转移方向更好。”

林颖追求者众多，上至学长，下至刚升学的小学弟们。而季暮阳是众多爱慕者中较有竞争力的对象，先不说他家境殷实，单是他的身高、长相、气质和人缘，就能秒杀不少对手。

与此同时，一直在看书的林颖也忍不住扭头看向季暮阳，然后目光很随意地打量了一下安暮晴，嘴角勾起，露出一丝轻蔑。最后，她收回目光，继续安静地看书。

“安静，保持安静!”这时，图书管理员敲着桌子呵斥，“说话请出去说!”

男生们立刻安静下来，季暮阳也觉得特别没面子。

“抱歉，我眼痛，需要休息，先走了!”

季暮阳拍了拍安暮晴的肩膀，也顾不上看女神了，他胡乱地拿了几本书登记后，逃也似的离开了图书馆。

第二章　最美不过是初遇

你是不是曾偷偷喜欢过这样的一个人，他帅气如王子，她完美如女神。你也许没和他说过几句话，可却莫名其妙地喜欢着。每天都想见到对方，可偶尔一次的相遇却又紧张地避开，但又忍不住回头偷偷看上一眼。暗恋不表露不作为，不需要任何的炫耀和装饰就已足够美好。

1

教室门口。

刚午睡醒来的安暮晴顶着一头乱糟糟的头发靠在门上，她一边揉着眼睛一边看着满脸期待的阳瑾，半天嘟囔了一声："找我有事吗？"

阳瑾勾住她的脖子，小声在她耳边说："没事我大中午的找你干吗？"

"快点说，马上要上课了！"安暮晴打了个哈欠，话说得也很直接，"要是让我们班主任看到我跟你混在一起，会告诉我妈！"

刚入学的时候，爸妈就私底下拜托老师要多关照她，要是她在学校犯错要及时反馈好让他们在家教育呀之类的。

这也就意味着，爸妈对她在学校的情况了如指掌，小事他们睁只眼闭只眼，可一旦触及他们的底线，她就有的受了。而与“不良少女”混在一起，这绝对是雷区。

阳瑾被她这副漫不经心的样子气得心里抓狂，不过她这次来是想拉拢她的，不是来威胁她，所以尽量要语气和善，态度友好。

“我只是跟你说话，又不是带你去打架。”

安暮晴脑子一转，想起上次阳瑾的“金钱”手势，她迷蒙地说：“上次不是请客了吗？虽然只有三十不够你点的东西，可是我只有那么多。”

“请客是小事！”阳瑾凑在她耳边声音更小了，“让你帮忙写情书的事还记在心里吗?!”

安暮晴惊愕：“帮你写情书?”

阳瑾捂着她的嘴巴，另一只手捉住她的手腕，一下子把她拖到一边：“声音小点会死?”

“周芹说你天不怕地不怕哎！”安暮晴回头看了一眼躲在门边偷听的周芹。

周芹的脸立刻扭曲了，心里在咆哮着：安暮晴，你这个大笨蛋！傻子！蠢猪！

好端端的提她干什么？阳瑾的霸道是出了名的，要是对她记仇，她就完了！

“功夫再高，也怕菜刀！”阳瑾合十做祈求状，“这事低调点，天知地知你知我知初莹知。”

“给谁写情书?”

“张亦驰。”

安暮晴果断地摇头："不认识。"

阳瑾双眼放光地提醒她，语气里充满了崇拜和欢喜："就上次在奶茶店跟季暮阳一起，那个帅得不得了的男生！"

安暮晴做出努力回想的样子，半天才说："有点印象，但不记得长啥样。"

阳瑾立刻拉长脸。

她的男神长得那么出众，眼前的白痴居然对她的男神一无所知，实在是过分！简直是不可原谅！

"多见几次就能记住了。"

看在她能写情书的分上，暂时原谅她。

"可是写情书是不对的，万一他跟那些女生一样坠入情网，那不就糟糕了！"

"要的就是坠入情网，一点也不糟糕！"阳瑾双手钳住她的肩膀激动不已，口水都喷了她一脸，"你上次那是冒充男生，我可是地地道道的女生，而且是真真实实地喜欢他。"

"原来你喜欢他。"

阳瑾觉得跟她说话很内伤，讲了半天，她才搞清楚状况吗？为什么这种智商的人能成为学霸？她是开外挂出生的吧？又或者，这就是传说中的"上帝给了你这，就不给你那"？

"一句话，帮还是不帮？"

安暮晴弱弱地问："如果不帮会怎样？"

"揍你！"阳瑾举起拳头，然后指着她头顶，"专门揍这里，让你长不高！"

安暮晴捂着头："我知道了！但别说是我写的。"

"不会不会，完全不会。"

是她要倒追男神，当然要让男神误以为她有内涵有水准。

晚上放学，安暮晴背着书包跟周芹回家。

周芹噼里啪啦地问："晴子，阳瑾今天找你干吗？"

"她——"安暮晴想起阳瑾那祈求她不要说出去的表情，然后说，"她说想跟我做朋友。"

"不是吧？"周芹几乎跳了起来，"你可千万别跟这种人混在一起，她会带坏你的！而且你爸妈知道了，以后课余时间你就别想出门了。"

安暮晴要是不能出去玩，她在爸妈那边也没有借口了。

"无所谓啊，不出门我就在家看漫画。"

反正爸妈给她配备了电脑还开通了网络，她可以海量浏览漫画。

"你不为你的课余时间争取，也要考虑我的感受！"周芹抱着她的胳膊，"我可不想看到好姐妹堕落！"

"放心吧，我能分得清好坏。"

放心才怪！

周芹暗想。

别人不了解她，她周芹可摸透了她的性格和习惯。

她头脑聪明是不错，但也仅限于在学习方面，只要她愿意学用心记，没有什么能难倒她。她的情商低到可以忽略不计，生活上也"白"得离谱。看课外书也偏向于唯美系列，就是纯洁得不能再纯洁的那种，其余的一概不看。

小时候她爸妈逼着她背了字典和《三字经》以及中国古诗词。俗话说，熟读唐诗三百首，不会作诗也会吟，所以她的词汇量非常大，文采也自然飞扬起来。

“季暮阳，我晚上踢球，书包你帮我带回家。”

这时，张亦驰的声音打破了两人的谈话。

安暮晴往后一看，只见季暮阳骑着崭新的银色自行车，这次他的车子是普通品牌，不是那种贵到没朋友的山地车系。

听到喊声，季暮阳立刻捏刹车，然后单脚着地。

他刚回头，张亦驰就卸下书包猛地甩给他，他伸手接住书包挂在了车头上，一回头，不经意的目光扫到了安暮晴，然后他的身体一斜，差点摔倒。

季暮阳猫着腰踩着车子一溜烟地往前冲，周芹双眼含情地目视季暮阳修长的身影，脸颊上浮起了不自然的红晕，让她看起来无比娇羞。

因为车子骑得太快，季暮阳擦过某个骑着同款车子的男生身边，对方毫无防备，为了避让他季暮阳身体一歪，车子也跟着猛地向安暮晴所在的方向撞去！

“小心！”

周芹叫了一声，也不管安暮晴，自己拔腿就跑。

“小心！”

男生也跟着提醒。

安暮晴抬眼瞄了一眼男生，只一眼，就呆住了，完全忘了避让！

吱——

随着长长的刹车声响起，男生在离安暮晴一步的距离才勉强停住，他自己也因为惯性身体往前扑了过去，他一下子抱住她，两人往前方的电线杆上撞去。

咚咚的两声，人撞在柱子上，自行车也倒了。

“晴子!”

周芹急忙冲上去，男生抱着安暮晴好一会儿才爬起来，他边拍裤子上的灰边看安暮晴，语调温柔声音好听得像是配音演员。

“你没事吧?”

安暮晴支撑着双手坐起来，她的后背和手心是火辣辣的痛，可眼睛却死死地盯着男生的脸。男生被她看得很不自然，随即伸手摸了一下脸，原本白皙的脸被他这么一摸，立刻变花猫。

安暮晴买过很多影视男明星的小贴画，也崇拜过不少当红偶像，甚至一度迷恋动画里的角色，但她从来没想过，原来这个世界，男生也可以长得这么好看。

这个男生皮肤白得连女生都嫉妒，他不是大眼系也不是双眼皮，可他的单眼皮非常好看，眼睛长，有点像漫画里常出现的“桃花眼妖孽男”，还有那一头飘逸的碎发，上面泛着自然金光，活脱脱就是漫画里走出来的美少年。

见她不说话，男生伸手拉她:“摔疼了?”

被他拉起来后，安暮晴迅速低下头，她的脸在发热，耳根都在喷火，手心开始冒汗，手指也隐隐发抖。

感受到了安暮晴的变化，男生关切地问:“很疼吗，要不我送你去医务处?”

“不用不用，我很好!”安暮晴慌忙摇头。

“没事，你走吧!”说完，她抽出手，头低了下来，根本就不敢看他的脸。

男生迟疑了一会儿，然后扶起车子，他再次看向安暮晴:

“哦。”

“你到底有没有好好地听我说话？”

“不用担心，老师会查的。”

在黑板上写威胁语，就算她不当一回事，班主任知道了，也会追查到底。她再怎么能干，也不如班主任的明察秋毫。

数学课上，老师大喊一声“同学们看着我，看我几何变形”，然后卷起衣袖，拿着粉笔在黑板上画虚线，做几何证明。

这些内容，她早就温习了，所以听不听都无所谓，于是托着腮用铅笔在书上画男生的脸，就在她画得很投入的时候，一片阴影打在她的课本上。

她的心一惊，往旁边一看，只见满脸油光的班主任章老师诡异地在门边探出头，那一双眼睛贼溜溜地盯着班上同学的一举一动。后面有几个做小动作的同学原本还在说闹，前面的同学立刻从下面踢板凳提醒，于是他们立刻坐直身子，摆出好学生听课的模样。

班上安静后，班主任的头缩走了。

片刻，他又防不胜防地在后门出现，一直飘荡在每个窗前，吓得靠窗做小动作的同学们心脏病都要暴发了。

下课后，安暮晴被“请”进了办公室。

站在章老师办公桌前，安暮晴紧张不已：“我很认真地听课。”

“我知道。”

“那老师叫我来干吗？”

“我听说早上有人在黑板上写字威胁你了！”

原来是为这事！

安暮晴松了一口气。

“有大致的怀疑对象吗？”

安暮晴茫然地摇头。

“听说阳瑾昨天找你了？”

安暮晴全身冒冷汗，心想他的信息接收速度也太快了吧。

“她只是找我问题目。”

“是不是她威胁你了？”章老师温柔地安慰，“不用怕，告诉老师，老师会替你做主，有些同学自己不好好学也就算了还想影响别人。”

“她真没有威胁我！”安暮晴解释，“就是想问我题目，说自己底子差，学不好，让我多帮她。”

既然安暮晴坚持，章老师也没再过多追问这件事，只是留了句“要是她以后骚扰你，一定要告诉老师”后，就让她回班级上课。

3

心不在焉地上了一节课后，一听到下课铃声，老师还没走，安暮晴就冲了出去。

跑到阳瑾所在的班级后，安暮晴让其他同学把她叫了出来。

“情书写好了？”阳瑾两眼放光。

“上节课我们班主任找我了。”安暮晴紧张地说，“不知道是不是他误会什么了，说你威胁我。”

“那你怎么说？”

“我说你是问我题目。”

阳瑾嘴角抽了抽："他肯定不信。"

"你怎么知道？"

"谁不知道我成绩不好又爱惹事？"

还问题目呢，别说老师不信了，就连她自己听起来都觉得是笑话。

"那我这么跟老师解释了，到时候问起来，你一口咬定就好，只要我不拆穿就没事！"

阳瑾忽然有点感动，在她印象里，好学生都不会搭理她这种人，不过安暮晴却是个例外。

"谢谢。"

"没事没事，"安暮晴笑嘻嘻地说，"我有空就帮你写情书，到时候你抄一遍就好。"

"哈哈，谢了！"阳瑾激动地将安暮晴抱了起来。

晚上回家，安暮晴反锁门，然后写了一篇肉麻兮兮的情书，因为有了心仪的对象，所以语句更加华美。

写完后，第二天一大早，她就将情书夹在书里送给了阳瑾。然后阳瑾打开情书花了一节课，抄得手都软了才抄完。

抄完之后，她决定亲自送给张亦驰，可是又觉得紧张，趁着下课时间她去隔壁班求了方初莹N遍，方初莹死活都不愿意陪同，理由是被发现了很不好。无奈之下，她想到了安暮晴。

每个早上的第二节课下课是做操时间，所以活动时间有二十五分钟。十分钟的早操结束后，同学们都陆续回班级，阳瑾将安暮晴堵在了路口。

"情书写得不好吗？"

“虽然很多句子看不懂，但感觉很厉害的样子。”

阳瑾表示对里面很多成语还有古诗词一样的语句有免疫力，可她觉得越看不懂的东西，就越高深，这大概就是学霸和学渣的区别。

“那你堵我干吗？”

阳瑾没有了往日的霸气，反而跟小女生一样扭捏起来：“我害怕！”

要是方初莹或者其他学生听见这话，估计早就吓得大小便失禁了。

安暮晴一语惊人：“我再写几句给你压惊？”

“你的文笔要是有这个功能，欢迎欢迎。”

“没这能力！”

阳瑾捉住她的手把她往二年级的方向拖：“跟着我，帮我壮壮胆！”

就这样，安暮晴几乎是被连拖带拉地扯到了二年级。

二年级的走廊上，男生们站成两排，中间留着很狭小的只能供一人路过的过道，男生走过就被扯衣服踢脚，漂亮的女生走过男生们集体吹口哨，跟着用言语调戏。

这群无聊的男生还给这个游戏取了个很恶俗的名字，叫作“桃花阵”。

阳瑾一出现，男生们的脸都扭曲了，最后又个个换上了笑脸。

“哟，这不是瑾爷吗！”

“瑾爷今天又来我们二年级了，找张亦驰的吧？”

男生们说着又笑了，其中一个“热情男”特地跑到某个班级窗户边喊着：“张亦驰，你的男人来找你！”

阳瑾气得跳了起来：“喂，你们这群浑蛋，姐是货真价实的女人！”

安暮晴抓着头，感觉自己很多余，现在这是什么状况啊？

“我可以走了吗？”

安暮晴发出疑问的同时，脚下也没闲着，一转身就是撤退的步伐。可阳瑾眼明手快，一把捉住她的手，手心在颤抖：“姐妹别走，我紧张，帮我压压惊！”

安暮晴很明显地感觉到她的手心湿湿的。

很久，张亦驰不露面。

“张亦驰，叫你呢！”

“张亦驰，别让你男人，哦不，别让人家姑娘等久了，马上就上课了！”

“姑娘见你一面真心不容易。”

……

张亦驰还是不见面。

安暮晴急着要走，要是被班主任发现了，这次她真的不知道再用什么话来解释了。没有合理的解释，这就意味着她爸妈也跟着知道情况。

就在这时，安暮晴大喊：

“你们谁把张亦驰给拖出来，我帮他追到校花！”

此话一出，周围集体沉默，男生们几乎僵硬石化了。

等他们回过神来的时候，有人认出安暮晴：“一年级的小学霸！”

“写情书骗得女生无数，人才啊！”

“当众撕季暮阳的裤子，鬼才呀！”

“听说季暮阳被她撕了裤子后，两人关系急速升温，还一起在图书馆看书。”

“季暮阳这么重口？这是传说中的受虐体质吗？”

……

“你们有点节操好不好，少以讹传讹了！”这时，红着脸的季暮阳不知道从哪冒出来，“什么撕裤子，难听死了！”

此时的他依旧精神饱满，只是脸气得跟猪肝色一样，那双明亮的眼睛被尴尬和气愤填满，一身蓝色格子衫穿在身上，味道十足。

当季暮阳看到安暮晴的时候，猪肝色的脸立刻变成了包拯脸。

他翻了一个白眼转身就要走，可是几个男生将季暮阳拽住硬是往安暮晴所在的方向推，其他的男生吹口哨的吹口哨，唱歌的唱歌，喊口号的喊口号，一时间二年级热闹非凡。

季暮阳又气又急：“放手，放手！”

可是男生们不依，大家齐心合力，拖着他往安暮晴身上推。

“放手，放手！立刻，马上，放手！”

几乎是同一时刻，张亦驰被四五个男生从班级里拖了出来。

张亦驰奋力地反抗和挣扎，但是一个人力气再大，也没办法抵挡众人的力量。他刚被拖出教室外，其他男生一哄而上，像是土匪抢媳妇似的将他拖到安暮晴面前。

这下，季暮阳和张亦驰同时被押到她面前。

男生们齐声问：“你到底看中哪个了？”

“先放了他。”安暮晴指着季暮阳说，“跟他没关系。”

男生们面面相觑，最后放了季暮阳，然后集体将精力投在了张亦驰身上。

安暮晴望了一眼脸青一阵白一阵的张亦驰，又看了一眼阳瑾。

阳瑾立刻跑了上来，双手将情书递到张亦驰面前：“亦驰，我喜欢你！”

一声“亦驰”听得在场的每个男生都打了个寒战，张亦驰就更不用说了，他像是一只被逮捕的小兽，在那跳着挣脱：“放手，放手！”

因为太用力，也因为大家都捉住他，衬衫都被拽掉到肩膀边，露出了一大半的肩膀，看起来还挺诱人的。

安暮晴发话了：“他接了信就放他！”

男生们一听，反手押着他的手，有人摁住他的背，张亦驰像是犯人一样被这群男生死死地控制。

“你们这样，我怎么接信？”张亦驰的声音崩溃了。

安暮晴摊手：“那松开他。”

男生们很听话地松手，因为，追到女神的诱惑可以让他们豁出去做任何事。

张亦驰气急败坏地从阳瑾手里接过情书，然后看也不看就愤怒地撕碎，紧接着他当着阳瑾的面甩到楼下。

纷飞的纸片飞舞着落下，阳瑾呆呆地站在那里，头脑一片空白。

“你知不知道你很烦，我这辈子从来都没这样讨厌过一个人，我求求你，以后不要在我面前出现！”张亦驰一字一顿地说着，每一个字就像是一把刀深深地刺在了阳瑾的心脏上，“我就算是死，也不会喜欢你！”

4

纸巾用了一包又一包，可阳瑾还是没从张亦驰的打击中缓过神来。

她趴在奶茶店的座位上哭得像个泪人，安暮晴和方初莹坐在她对面一直递纸巾，阳瑾抓着纸巾先是擦眼泪，然后放在鼻子上擤鼻涕，看得两人直打战。

阳瑾边哭边说：“失败，真是太失败了！”

“都怪我！”安暮晴抱歉地说，“对不起帮倒忙了。”

“别伤心了！”方初莹温柔地安慰，“喜欢的事情不能强求，放弃他吧，这样就不用难过了。”

阳瑾边擦眼泪边问：“那让你放弃高飞你能做到吗？”

方初莹的手一顿，然后低下头不再说话。

阳瑾肉疼地说：“太失败了，我可是抄了一节课，结果他看都没看！”

安暮晴和方初莹对视，两人都不知道说什么好。

敢情她坐在这里哭半天，不是因为被拒绝而伤心，而是因为自己花了一节课抄好的情书可对方却没看才觉得委屈。

“老板，我要一杯薄荷奶茶。”

同一时刻，配音演员般的声音再次响起。

安暮晴猛地打了一个激灵，她定睛一看，只见一个穿着发白牛仔裤、白色衬衫，拥有一头标准动漫帅哥碎发的男生走到柜台前。

店员也被男生的气质给吸引了，愣是看了他几秒后，才回过神来："薄荷味是吧，加珍珠和椰果吗？"

"都不要。"

"好的。"

薄荷。安暮晴在心底记下这个味道。原来奶茶还有薄荷味。薄荷，光是听起来就感觉很小清新。

等待过程中，男生掏出手机低着头上翻下翻，也不知道在看什么。安暮晴暗自感叹，男神还挺潮。他们所在的小镇，经济收入普遍偏低，大人都很少有手机，更别提学生了。就算有，不是家里特别有钱，就是爸妈不在家，为了方便联系给孩子配备手机。

店员调好奶茶后，将它放在柜台上。男生这才缓缓抬头，他收起手机再顺手拿起奶茶就走，迎面而来的时候，安暮晴慌忙低下头，连正面看他的勇气都没有，等男生走出奶茶店的时候，她才偷偷地回头。

夕阳笼罩在他周身，像是在他的身体镀上了一层金色的光晕，他一头细碎的头发泛着迷人的色泽，消瘦的身形配上酷气十足的走路姿势，一下子就撞进了安暮晴情窦初开的心。

只是看了几眼，安暮晴便心花怒放，唇角也掩饰不住地流泻出快乐的微笑。

为了不被阳瑾和方初莹看出端倪，她只瞟了几眼就回过头。而阳瑾忙着哭，方初莹忙着安慰，也没注意到安暮晴刚才的小动作。

阳瑾哭够了之后，方初莹送她回家，于是三人分道扬镳。

走了很久，确定阳瑾和方初莹走得看不见影子的时候，安暮晴反身回奶茶店要了一杯薄荷奶茶，并明确要求不加珍珠和椰果。

只是，听起来很小清新的名字，喝起来一点也不清新，只会——抽风！

喝了一口薄荷味后，安暮晴感觉舌头都要坏掉了，喉咙那块凉凉的，一直像是有冷风在吹过来又吹过去，很不舒服。

果然像她这种人就适合芒果、菠萝、哈密瓜，男神的小清新她学不来。

如果什么都能学都能模仿，男神也就不再是男神了。这样，男生在安暮晴的心底又上升了一个档次和高度。

男神喜欢的口味，安暮晴再怎么不喜欢也舍不得扔，于是一路上抱着薄荷味奶茶边皱着眉边喝，表情要多痛苦有多痛苦。

吱——

骑着银色自行车的季暮阳在她身边停下，安暮晴感觉到身侧有人，刚转头，季暮阳对她使了一个眼神："上来。"

安暮晴疑惑："干吗？"

"跟你好好谈谈。"

"我又不喜欢你，咱们有什么好谈的。"

"我！也！不！喜！欢！你！"季暮阳一字一字地强调，"但我们必须好好地、认真地谈谈。"

"你不会卖掉我吧？"安暮晴眨眼，"我妈说了，不能跟陌生的男生走。"

季暮阳毒舌道："谁卖你了，就你这小身板这姿色，倒贴都没人要！"

“你再说一遍?”

季暮阳继续打击安暮晴本来就很脆弱的自尊心：“难道不是事实吗？哪有女生像你这样的？别以为你扎着马尾就一定是女人!”

“去你的!”安暮晴伸脚踢了一下季暮阳的自行车，“下次别让我再看到你!”

“你以为我想看到你呀!”季暮阳很不顾形象地朝着她做了个鬼脸，“自从见到你，我从来就没遇到好事!”

“滚!”

安暮晴抬脚又给他的自行车来一脚“大卸八块”踢，季暮阳差点被她从车子上踢滚下来。

“无法沟通，泼妇!”

丢下这句话后，季暮阳踩着车子风一般地消失在她面前。

第三章　暗恋综合征

在青涩的年华里，那些隐藏在心底的暗恋美好得一尘不染。你曾无数次勾勒他的形象，也在梦里编织着相聚和离别的戏码，甚至提起笔描绘着王子和公主的情节。可这一切的悲欢离合都是你一个人的戏份，他们的存在只是布景。

你暗恋着的那个人，只有一个躯壳，他的性格、他的灵魂乃至一切，都只是你虚构出来的影子，脆弱得一碰就碎。可那时沉浸其中的你，还自以为这是世间最不可动摇的盛大爱恋，任何人都无法替代他！

1

顶着黑眼圈的安暮晴再次被班主任“请”到了办公室。

安暮晴笔直地站在那里，其他班的老师集体将视线落在她身上。

“听说你跟阳瑾去了二年级，而且是陪着她送情书？”

安暮晴吸气：“不是情书！”

“但我听说是情书！”

“老师你宁愿相信他们也不相信我？”安暮晴理直气壮地说，“上次冒充男生‘交笔友’是我不对，可我只是觉得好玩，后来我也认错了，相同的错误，我不会再犯第二次。”

“那你跟阳瑾在一起怎么解释？”

班主任边说边拿出手机并调出了她妈妈的号码。安暮晴一看就慌了，被爸妈知道了，她就完了。

“是作文。”安暮晴早就料到班主任会找她，所以私下跟阳瑾和方初莹商量了很久，才提前编好了谎言，“二年级学生不服气我的学霸地位，私下对我下战书比赛作文，我就接受了，结果他们比不过我就恶语中伤！阳瑾知道后，拿着我的作品找他们理论，结果就闹了。”

这种高年级不服气低年级学生成绩好，私下比赛下战书的事情，每年在学校都会发生，老师们都知道，因为是关于学习上的“切磋”，只要做得不过分不出格，他们也就默认了。

班主任放下手机：“以后再有这种无聊的挑战别搭理，还有别跟阳瑾掺和在一起，她主动问你题目还跟你走那么近，肯定有其他的企图！”

比起流言蜚语，老师们更愿意相信好学生的话。

见班主任深信不疑，安暮晴再次松了一口气。

一年级第一次联考在即，安暮晴投入了紧张的备考中，每天回家都在题海战术中挣扎，早上很早就起来背诵课文和古诗词。

上体育课的时候，安暮晴满脑子都是习题，可想着想着，脑海里莫名其妙出现了男生的脸：男生走到她面前向她伸出手，温柔地说“我们做个朋友吧”，周围的女生用羡慕嫉妒恨的眼神瞪着她。她羞涩地低下头，原本想拒绝，可是男生不顾一切的眼光和私语，很霸道地走过来，牵着她的手，然后两人在人群中穿梭着，天地间一片安静，她就那样静静地跟着他走，心里甜甜的，像是喝了蜜。

由于幻想得过于认真，她连体育李老师在讲什么，都没听进去。

“安暮晴，你在发什么呆？”

安暮晴惊惶地低着头，脸一下子就红了，仿佛自己那点小心思都被老师看穿了一样，有些紧张和无所适从。

“你文化课成绩好我知道，但是上体育课也希望你能用点心，德智体都好才是真正的三好学生，希望你能做一个名副其实的三好学生！”

安暮晴捏着手指不敢应声。

“马上我们要跟高年级比跳高，你出来！”李老师将三根跳杆放到安暮晴手里，“器材交给你负责！”

安暮晴这才低声问：“那我不用跳吗？”

“一米八的高度。”李老师俯视安暮晴娇小的身高，“你有一米五吗？”

“刚够。”

“那未必能跳得过去，先看着吧，掌握下技巧。”

跳高开始的时候，二年级的学生一个跳得比一个高，有些弹跳力好的甚至不用借助跳杆，只需要下面的弹床就可以轻松地翻过去。

“季暮阳，到你了！”

二年级有人高声提醒。

穿着校服的季暮阳卷着衣袖出现，他很拽地说：“一米八没挑战力，来两米一。”

有男生坏笑着提醒：“行不行呀，小阳，不要因为某些人在就想表现，不要勉强。”

大家的视线一致投向抱着跳杆的安暮晴。

自从“撕裤子”事件发生后，两人就被好事的同学们硬是凑合在一起，有些同学甚至一口咬定他们是天生的一对，不在一起都是一种罪孽。

季暮阳气得直跳：“你们不要乱讲。”说着余光看向安暮晴，表情更加痛苦了。这群无聊的混账，总是有意无意地把他们扯在一起，导致他这段时间只要来学校就能见到她，见不到她，也能从别人的嘴里听到她的名字，烦都烦死了。

而站在一旁的安暮晴根本不知道他们到底在暗指什么，见到季暮阳她也没什么特别的感觉，此时的她满脑子都在上演王子和公主的戏码。王子和公主从相遇，到恶劣大小姐出现。恶劣大小姐派出手下，整出种种阴谋来陷害公主，王子开始怀疑公主并靠近恶劣大小姐，公主正伤心欲绝中。

确切地说，是安暮晴正在伤心欲绝中，伤心的来源是自己幻想出来的情节。

“安暮晴，把跳杆给他。”

李老师的话打断了安暮晴的情节编造，安暮晴立刻从低潮的情绪中走了出来，她傻愣愣地将跳杆递给季暮阳。

季暮阳看也不看她，直接拿着跳杆往后退了几步，然后助跑，跳杆戳在地上，起身、跳！

一系列的动作干净利索，起跳的姿势也酷酷的。

只是，下一秒，跳杆咔嚓一声，季暮阳跳到半空，整个人以扭曲的姿势撞在了栏杆上，然后很凄惨地摔了下去。

好在下面是沙子，季暮阳面朝下地摔在上面，吃了一嘴的沙子，要不是老师和同学们跑得快将他从沙子里拖出来，他都怀疑自己会不会立刻窒息。

吐出沙子那刻，季暮阳只有一个念想：安暮晴，我上辈子一定是欠了你很多钱，不然怎么老是被你整？

两位体育老师跟几个力气大的男生合力将季暮阳送去了医务处，安暮晴和周芹也跟着去看。

医务处的老医生戴着老花眼镜，年纪稍大，见到季暮阳几乎是被抬着进来，他嘀咕了一句："现在的学生就是野，动不动就打架。"季暮阳一听心酸得眼泪都要流出来了。

"医生，他是摔的！"一旁的安暮晴好心地解释。

老医生让季暮阳坐下，他刚坐下就站了起来："疼！"确切地说，是一坐就腰酸背痛。

"那就躺着。"

于是季暮阳像个死鱼一样躺在病床上。

老医生在他身上摁来摁去，季暮阳痛得直打滚，伤情无法探测。

"乱动什么呀，现在的孩子真娇气，这么点痛都忍不住，你们把他摁住。"老医生继续嘀咕。

季暮阳听着只想哭，痛不在他身上，真是站着说话不腰疼。

体育老师、安暮晴、周芹不约而同地上前，有人摁手，有人摁腿，可怜的他就像是案板上待宰的小鱼，在那扑腾着无望地挣扎。

老医生左看看右瞅瞅，时不时地还伸手敲一敲，捏一捏。“啊啊啊”“嗷嗷嗷”的惨叫声在医务处久久回荡，其惨烈程度可媲美惊悚片。

季暮阳被诊断了伤情后，老医生专心致志地给他处理，其他学生见他没什么大碍，也各自回班级。这其中包括安暮晴和其实很舍不得但为了上课而不得不离开的周芹。

出去的时候，安暮晴看到一个穿着校服的女生站在医务处门口，看到有人陆续出来后，她焦急地上前拉住一个男生问：“季暮阳有没有事？”

男生回答：“小伤，没大碍。”

女生一听如释重负。

周芹忽然酸溜溜地来了一句：“最讨厌这种墙头草的女人了！”

安暮晴好奇：“你认识她？”

“拜托，你的脸盲症什么时候能好？我们跟她上了几次体育课了！”周芹用手敲安暮晴的脑袋，“她是季暮阳的爱慕者之一。”

安暮晴更加好奇了，她惊讶道：“她爱慕谁你都知道？”

“在白墨没出现的时候，他可是美貌与财力兼备的校草，这么优秀过人的帅哥就坐在旁边，被喜欢上也是情理之中的事情。”

安暮晴咬文嚼字开始挑刺：“男人的脸是不能用‘美貌’来形容的。”

“你能不能不要挑这些无聊的字眼？能不能问点有八卦含量的问题？例如，她为什么是墙头草？”

安暮晴顺着她的意思求教：“哦，为什么？”

“她当初在外到处说自己喜欢季暮阳，然后季暮阳对她有多好。可是后来呢，我拿着你的信给她，你们开始用信件交流时，她居然喜欢上了不存在的‘笔友’，你身份被拆穿了，她又开始贴向季暮阳了，真没节操！”

“可是……”安暮晴很疑惑，“她是不是墙头草关你什么事？难道你喜欢季暮阳？”

被猜中心思的周芹也没否认，她很大方地承认：“没错，当初你写的那些信，我全部送给那些喜欢季暮阳的女生了！她们口口声声说喜欢他、支持他，结果她们的喜欢廉价得让人恶心！”

这排除情敌的方式也太狠了点！

安暮晴不知道该说什么好了，原来在不知不觉中，她成了好邻居消灭情敌的“枪手”。不过事情已经发生，而且“笔友”事件基本平息了，安暮晴也不想再追究这件事。

毕竟她们是邻居还是多年的好姐妹，为这件事吵架闹矛盾被爸妈知道了，她们两个都跟着玩完。这件事班主任并没有告诉她的父母，这也算是手下留情了。

2

学校又流传有关安暮晴的负面传闻。

从一开始“安暮晴跟季暮阳小情侣吵架，安暮晴扬言要让季暮阳好看，结果让他在体育课丢了半条命”传成了“季暮阳嫌弃安暮晴身高和长相移情别恋林颖，安暮晴因为嫉妒于是在体育课上弄残了季暮阳”。

当被“弄残”的季暮阳出现在学校让谣言不攻自破的时候，新的传闻又开始满天飞，例如“安暮晴因为感情问题想弄残季暮阳，可是季暮阳因为对林颖的执着和无限的爱意，最后奋发崛起，成功恢复身体后，手上打着石膏也要第一时间来上课只为见女神两眼”。

一下子，季暮阳从嫌弃安暮晴的“负心汉”，变成了为爱而可歌可泣的“痴情郎”。

教导处。

安暮晴一个人孤零零地站在教导主任面前，班主任章老师坐在教导主任对面。而手上打着石膏的季暮阳坐在椅子上，他的父母一左一右站在一边，两个班的体育老师也在。

季妈很气愤地说：“我儿子上个体育课被摔成这样，这责任谁来负？”

季爸乜斜安暮晴，随即也跟着愤愤不平：“听说跳杆是被人动了手脚，而当时拿着跳杆的就是她！”

季妈上前伸手拽了一下安暮晴的衣服：“你没爸妈教吗？”

一股怒火从心底升腾而起，安暮晴捏着双拳，眼睛也瞪着，表情也不复平常的温顺：“我又没做错事，为什么要指责我？”

那天季暮阳被送去医务处之后，她也跟着去帮忙了，后来见季暮阳没什么大事，她就回去上课。今天莫名其妙地被班主任叫到了教导处，一进来就看到季暮阳坐在这里，还有陌生的叔叔阿姨，整个办公室里的气氛也不太好。

原本她还不知道是怎么一回事，结果发现是找她兴师问罪的，理由是当时季暮阳跳高的跳杆被人动了手脚，她是第一嫌疑人。

“你没做错事?”季妈揪着她衣服,“小小年纪就玩心机,我们家暮阳哪里得罪你了,你要下此狠手?”

“我说没有就没有!”安暮晴甩手摆脱季妈,语气也跟着激动起来,“在我拿跳杆之前,其他同学都跳了,大家都没事,为什么就他出事?”

“就是因为你做了手脚,所以他才摔倒。”

被一口咬定是自己动了手脚,安暮晴又气又急,委屈和愤怒一股脑儿冲上来,眼泪在眼眶里打转,她咬着嘴唇,想辩驳,可是又不知道从哪里开始反驳。

到最后,她只能一个劲地否认:“我没有!”

“妈,算了!”季暮阳觉得挺没意思的,在他看来这是小事,也没想过找谁的责任。

可是爸妈看得特别重,非要搞清楚状况,还要当事人和学校负责,闹得不可开交。

看她一副受委屈的样子,季暮阳就感觉似乎是他在逼迫她一样。总之,就是心里怪怪的,不舒服。

“算了?算什么算?”季爸也不乐意,“这事不调查清楚,今天是跳杆,明天说不定就是让你跳楼!”

这时,章老师发话劝解:“再好好查查吧,看是不是有什么误会,安暮晴成绩好,人品也没话说,而且他们之间也没什么过节,按理说,不至于……”

季暮阳偏过头,心里想:过节还真有。

至少,在他心里,他们之间是有过节的。

季妈语气咄咄逼人:“成绩好就了不起?成绩好杀人都不犯

法是吧？”

“事情也没严重到这个地步吧。”章老师还是想当和事佬，“在事情没弄清楚之前，还是别妄下定论，万一不是她呢？孩子小，别给她留下什么阴影！”

季爸问：“那学校想怎么解决？”

“我们会查的，一旦查出来是谁做的，不管她是不是好学生，我们都会严肃处理绝不姑息和偏袒。”教导主任发话了，“结果还没出来的时候，我希望大家都不要闹。”

教导主任把话说到这个份上了，季爸和季妈也只能表示赞同。

每个星期五下午最后一节课，一年级和二年级都有课外活动课。

这个课是没有固定老师的，每个任课老师有空都可以带着学生去野外去散步、谈心，或者做一些贴近自然的事。

两个年级的老师一致决定带着各自班级的同学去学校不远处的田野体验农活，帮农民做点面朝黄土背朝天的活，来让他们知道“上学时光多么轻松，一定要珍惜”，然后“如果不好好读书，以后就得下田卖苦力”。

以前安暮晴上课外活动课的时候没什么太大的感觉，但是这节课，上得她非常郁闷。因为一群男女学生看着她指指点点。

“就她，长得不咋地的那个，对对对，个子最矮的那个！”

“季暮阳跟她是男女朋友关系？不是说季暮阳一直追林颖吗？”

“可能是被拒绝久了就想转移注意力吧。”

……

听着他们的讽刺，安暮晴除了郁闷还是郁闷。

“你，你，还有你，说什么话呢！”同一时刻，阳瑾霸气的声音响起，她一手叉腰，另一只沾满泥土的手指着那些背后讨论的人，“麻烦你们说别人的时候撒泡尿照照自己行不行？你们长得很漂亮吗？”

阳瑾出头，全场鸦雀无声。

觉察出不对劲，老师们不约而同地回头，大家就更安静了。

“心情好点没有？”阳瑾蹲在安暮晴身边，脏兮兮的手拍了拍她的头。

结果可想而知，安暮晴被拍了一头的泥巴。

方初莹提着裤脚小跑上前，她从口袋里掏出纸巾给安暮晴擦头发：“阿瑾，有你这么帮人的吗？你刚才是在帮她树敌！安慰人的时候，还弄人家一头泥巴。”

阳瑾抱歉地擦着满手的湿泥巴，刚才她跟一群男生比体力，脱了鞋就跳下田，双手并用挖起了泥巴，结果听到长舌男女在攻击安暮晴，于是什么都不顾就跑来帮忙了。

听方初莹这么一说，她有些不好意思起来了。

“没关系，很感谢。”

安暮晴说话的时候，声音都变了，想哭的感觉让她心底酸酸的。

方初莹给安暮晴擦头发的时候，将安暮晴的马尾解开，几缕头发垂下来的时候，她低头端详她的脸，然后摆弄了几下长发。

“哎？”方初莹顿了顿，“晴子，其实你的脸型蛮可爱的，如果有刘海，再稍微打扮一下，应该不差。”

安暮晴忍住即将掉下来的泪水，她的脑海里又浮现出那个男生的身形。穿着白色衬衫，拥有美少年面孔的男生温柔地揉着她的头发，在逆光中对着她微笑，他的声音是这世界最动听的音乐：“晴子，我相信你不是那种人。”

“晴子？”

见安暮晴没反应，方初莹又叫了一声。

“嗯？”安暮晴这才抬头，男生的脸消失，取而代之的是方初莹清秀漂亮的脸蛋。

阳瑾拍了一下她的头：“在想什么呢，那么出神？”

安暮晴窘迫地低下头，总不能说自己在幻想男神安慰她的情节。当然，她也不知道自己是怎么了，自从对连名字都不清楚的男生一见倾心后，总是把他们想象成男女主角然后勾勒出电视剧一样的情节。

“我先去拔草，不然老师会说我偷懒！”

为了防止心里的小九九被发现，安暮晴随便编造了一个借口开溜。挤到人群中央时，身后传来阵阵尖叫声，紧接着身边的女生全部反身往同一个方向拥。

她好奇地往后看，一缕头发落在眼前，模糊不清的视线中，她看到一个男生站在人群中远远地朝着她所在的方向看来。

而那男生周围站着不少女生，也有几个男生，他们似乎在跟他说什么，男生平静地听着，时不时地向她投来目光。

是他！

安暮晴一惊，她猛地偏过头，然后几乎是爬着混进了人群中。阳瑾和方初莹被她突如其来的动作弄得面面相觑。

躲在人群中，安暮晴的脸火辣辣的，被男生看到如此狼狈的模样，想死的心都有了。还有，那些人对他说些什么？关于她的事情？他们谣言口中的她一定非常不堪，而这些不实的消息传到他那里……

安暮晴越想越焦急，心里就像是燃起了火焰，焦躁、不安、难受、害怕各种情绪纠结在一起。

就在安暮晴沉浸在混乱不已的情绪时，季暮阳在人群中搜索，最终确认了她的方位。他几乎是挤着才走到安暮晴面前，然后观察四周，关注他们的人没几个，而女生们也都朝着转学生所在的方向聚拢。

瞟了一眼被拥簇在人群中央的转学生，季暮阳本能地嗤之以鼻。

转学生从来不上课外活动课，这是他第一次上这种课，而且还是“姗姗来迟”。这种犹抱琵琶半遮面的矫情劲很自然提起了花痴帮们足够的胃口，然后成功吸引了她们的注意力。

季暮阳低头看着几乎是缩成一团的安暮晴道：“能不能借一步说话？”

“我跟你没话说。”

“如果你想你爸妈被叫到学校跟我爸妈对峙的话，你可以拒绝！”

安暮晴一听立刻站起来：“你威胁我？”

“是为你好。”

安暮晴扭过头：“你要是有那么好心，那天在教导处就可以帮我说话。”

“难道我没帮你？”季暮阳不悦，“不是因为我的‘算了’，你以为我爸妈会消停？”

安暮晴颇为讽刺地说：“那还真是谢谢你了！”

“你不要这么不识好人心行不行？”季暮阳一把捉住安暮晴的胳膊，把她往人少的地方拉。

可能是不想让男神看到自己狼狈的样子，安暮晴半推半就地跟着季暮阳往田野的高处走，走到相对隐蔽的地方，他找了一个草较多的地方，很随意地往下一坐。安暮晴站了一会儿，也跟着坐了下来。

微风吹来，长发被撩起，几根发丝扫到季暮阳的脸上。

“真脏的头发！”

季暮阳撩起她的长发帮她别在耳后，很亲密的动作，也做得非常自然。

安暮晴没有意识到两人这样是多么的暧昧，她冷声问：“你到底想跟我说什么？”

“我是来帮你的，不是来受气的！”季暮阳被她冷淡的态度给气到了，“你这人怎么能这样？”

“我哪样了？”安暮晴不高兴了，她偏头瞪着季暮阳，“我对你做什么了吗？”

季暮阳嗤了一声：“果然跟女人是没道理可以讲的。”嘴巴上这么抱怨了，可他还是很好心地说：“没有找到‘凶手’，我爸妈肯定会咬着你不放！可我觉得你应该不至于那么阴险毒辣，所以要么是跳杆本身就有问题，要么就是其他人做了手脚！”

安暮晴对着他翻了一个很鄙视的白眼：“什么动手脚不手脚的，分明就是你太胖了，跳杆支撑不住你泰山般的重量，最后壮烈牺牲了而已！”

“怎么说话呢你！”季暮阳脸都被气红了，他很不悦地辩解，“我一米八的身高，一百三的体重，妥妥的苗条。”话说完，他又觉得自己很无聊，好端端的怎么跟她争论起体重来了。

安暮晴瞄着他消瘦的身体，她直截了当地问：“干吗帮我？”

季暮阳没有回答她的问题，而是问：“那天看你很委屈的样子，怎么不哭？”

她想也不想就脱口而出：“我又没做错事，为什么要哭？”

“哭了，起码能得到同情分。”

“哭就能解决一切？如果我当时哭了，你爸妈就不会怀疑我？同情顶个屁用！”

季暮阳被她的话给哽到了，这个看起来柔柔弱弱的女生，有时候还傻乎乎的，但是那股拗劲不容小觑。不过，在他的印象里，好学生都斯斯文文的，她这种不注意谈吐的，还真是第一次见。

就在这时，安暮晴又补充一句：“总之，眼泪是弱者的姿态！”

季暮阳勾起唇角笑了笑，他情不自禁地抬起手拍了拍安暮晴的头，消瘦的手指穿梭在她的长发间，像是一个长者在安抚一个小女孩，眼里满是无奈的意味。

安暮晴没好气地拂手，可手刚抬起来就顿住了，季暮阳的声音在她耳边响起，轻轻的、柔柔的，带着对往事的追忆，也带着一丝丝的酸涩。

“以前我还有个姐姐，成绩好性格好。爸妈常年在外做工程，我和姐姐跟着奶奶生活。姐姐在高中时跟同学郊游，一不小心掉水里淹死了，爸妈特别伤心也非常自责，后来他们就回来亲自照顾我，生怕我出现什么意外……就像，姐姐那样。”

安暮晴的手一点一点地往下放，最后放在她的膝盖上。

“你知道吗，你的某些性格跟我姐姐很像，比如坚强不服软。”季暮阳移开放在她头顶上的手，然后双手环住腿，眼睛看向了远方。

风迎面吹来，安暮晴的长发被吹得乱乱的，发丝绕在她的脖颈间，就连季暮阳那短短的头发也在风中抖动着。

“如果你姐姐还活着，现在多大?”

“应该大学毕业了。”说到姐姐，季暮阳的眼底湿润了，“我从来都知道，爸妈不是那种不讲理的人，他们……只是太紧张，太……在乎我。所以那天，我爸妈对你说的那些攻击话，希望你别往心里去。”

在得知失去姐姐的时候，他们连夜赶回来。那时候他还小，不知道死亡意味着什么，他以为姐姐是睡着了，只是脸苍白了点。

他傻傻地站在那里，看着妈妈抱着姐姐一遍一遍地说“快醒醒，妈妈回来了，不要吓妈妈，开这样的玩笑不是好孩子”，然后爸爸蹲在一边，灰暗的脸上，那双无神的眼睛像是无尽的黑洞，对未来都失去希望的颓废，让他的心都揪紧了。

因为曾经失去过挚爱的人，所以对身边唯一的他，更加患得患失。

安暮晴抿唇，许久她才说：“刚才我对你的态度很恶劣，对不起!”然后她抓着头发，偷瞄了季暮阳一眼，此时的他正注视远方，表情特别的严肃而凝重。

季暮阳将视线落在她脸上，盯了半天蓦然说了句：“平时没事的时候，还是注意下自己的仪表。”

“怎么了？”

“女生应该打扮一下，不说怎么变换复杂的发型了，起码得穿几件像样的裙子。”

安暮晴不解：“为什么要穿裙子？”

季暮阳意味深长地提示：“具体原因，参考林颖。”

安暮晴撇嘴，刚才还是一副感伤的样子，马上又变成女生之友提起意见来了，男人的思维跳跃还真不是她这种人能理解的。

3

坐在理发店里，安暮晴在镜子中看着头上夹满发夹的自己，又看了看拿着剪刀的理发师。

而在她后面，是拿着发型书正在做参考的季暮阳。

理发师磨剪擦刀，并催促：“想好了剪什么发型了吗？”

安暮晴扭头看向季暮阳：“你好了没？”

季暮阳边翻边说：“再等等，急什么。”选了老半天，他将发型书展开对理发师说：“就这种平刘海挺好看的，不过她的脸太圆了，稍微有点斜度，不能太齐，最好能碎一点。”

理发师点头，然后对着安暮晴的头发咔嚓咔嚓地剪，季暮阳站在一边，一会叫着“不能剪这里”，一会喊着“那里要打薄”，一会又要求“整体长度不要动”。

理发师一边瞪着季暮阳一副想把他吃掉的样子，一边不爽地按照他的要求剪。一个很简单的发型，二十分钟就可以搞定的事情，在他的吹毛求疵下硬是耗费了一个多小时。

当头发剪完的时候，理发师差点就流下了心酸的眼泪，他的任务终于完成了！而安暮晴也坐得腿都麻木了，半天都站不起来。

不过头发重新洗一遍再吹干的时候，她就像是脱胎换骨了一般。

这真的是她吗？

安暮晴不敢相信自己的眼睛。

只是换了一个发型，可一下子就从丑小鸭升级成有着一头回头率百分之百的发型的丑小鸭！

“发型可是非常重要的。”季暮阳很满意自己的杰作，他伸手捏住安暮晴的一缕长发把玩，最后双手放在她肩膀上，“现在可以给你六十分了。”

自己变美了，安暮晴自然高兴。

那次在课外活动与季暮阳交谈后，两人的关系稍有变化，在学校见面的时候偶尔会说上几句话。今天碰到的时候，季暮阳很嫌弃她的发型，最后带着她来理发店，说是“换一个发型能改变一生”，而她也没质疑，乖乖地跟着他走。

为什么要听季暮阳的话呢？

其实她也想变得更漂亮一点，这样下次再遇到心仪的男生时，就可以美美地出现在他面前。

这不，刚出理发店的时候，安暮晴就惊喜地见到了男神。

男神的穿着是白衬衫加牛仔裤的组合，最明显的莫过于他一头飘逸柔顺的碎发，挺拔的身材，不胖不瘦的体型。无论哪一点，分秒击中安暮晴的小心脏，让她体温升高心跳加速。

男神径直向她走来，他的步伐不疾不徐，脸上也没什么太多的情绪。

安暮晴迅速低下头，手都不知道该往哪里放，就连双脚也觉得是多余的，她不知道自己往哪里走才对。

男神越走越近，安暮晴的心脏都快跳到嗓子眼。当她与他错身而过时，她闻到了他身上浓郁的薄荷味。他进入理发店时，她往后看了一眼，男神已经坐下跟理发师交谈，而且他坐的位置，是她刚刚坐过的。

无言的甜蜜在心底蔓延，那股热流也在身体里流窜着。

季暮阳觉察到安暮晴的不自在和异样，他伸手戳了一下她的肩膀："在看白墨？"

安暮晴迷茫不已："白墨？"

他扭头看着坐在理发店里的男生："难道你不是在看转校生？"

安暮晴不自然地看着天空，然后习惯性地用撒谎来掩饰属于自己的小秘密："我只是想看下这家店的店名，下次好光顾而已。"

今天终于知道他的名字了。

白墨，人如其名，文艺又小清新。

安暮晴低下头，心里激动得像是有一万个小人在跳舞、唱歌庆祝，而她的唇角也在不经意间溢出雀跃的笑意。

回家后，安爸和安妈一直盯着她的头发猛看，最后一致夸奖她的头发剪得好，这个发型一出，立刻加三十分。

吃完饭后，安暮晴对着镜子照了一个小时，还拿着梳子和橡皮筋研究各式各样的发型。结果证明，季暮阳选的发型简直就是为她量身设计一般，不论她怎么摆弄都让她显得活泼可爱。

有了新发型，再穿一身漂亮的衣服，然后在学校里与白墨相遇。当白墨在万千人之中看见她的时候，立刻被她惊艳了，于是隔着人群两人遥遥相望，天地间的一切都消匿，唯有彼此。

光是想想这个场景，安暮晴就激动得血脉偾张。

第二天早上，安暮晴和周芹背着书包上学。

半路上，周芹看着安暮晴，发现她的头发剪得非常好看，而且还将她衬得娇小、呆萌，整个人也出彩了不少。这么看，其实周芹心里还有一点小小的嫉妒，以前她看起来那么不起眼，可现在却有种令人刮目相看的优点——可爱。

她伸手将安暮晴的头发弄乱："在哪个理发店剪的？"

安暮晴眨眼："不记得了。"昨天光顾着看男神，店名什么的都被抛到九霄云外。

"你不会是怕我也去剪个更漂亮的发型吧？"

"我真没注意。"安暮晴听到她酸酸的讽刺立刻给自己辩解，"我去问问季暮阳吧，是他带我过去的。"

一听"季暮阳"三个字，周芹的神经都被挑动了。

她猛地蹿到安暮晴面前，双手抓住她的肩膀说道："我没听错吧，季暮阳带你剪的头发？"

"是呀！"

周芹除了激动还是激动，她不断地摇着安暮晴的肩膀："季暮阳为什么要带你去剪头发，你们是什么关系？你们都没讲过几次话吧？"

"我们——"

安暮晴刚想解释，骑着白色自行车的季暮阳从她身后一直往前骑，速度快动作酷。在他左右两侧还有两个男生，他们三人你把手搭在我肩膀，我把手搭在他肩膀上的模式骑车，骚气无限，吸引了无数学生的眼球。

“季暮阳！”安暮晴朝着季暮阳的背影叫了一声。

季暮阳回头，见到安暮晴他冲她笑了笑。

刚笑一秒，他的脸就扭曲了，身侧两个男生的车轮撞在他的车轮上，然后三个人齐齐地摔了出去，本来还是拽炫的骑车组合，一下子成为大家围观的笑料。

“季暮阳，好好的你回头干吗?”好兄弟一抱怨。

“麻烦你有事也要招呼一声，生命诚可贵的道理懂吗?”好兄弟二指责。

季暮阳爬了起来拍了拍身上的灰，他扶起自行车看了看，然后安抚两人：“今晚请你们去奶茶店胡吃海喝。”

两个好兄弟立刻两眼放光连自行车的伤残情况也懒得鉴定了，他们异口同声地欢呼：“这个可以有，我们要最全的套餐!”

季暮阳竖起大拇指，还单眨眼皮做调皮状：“没问题!”

随即，季暮阳和两个男生一起再次骑着自行车，继续一手勾肩搭背另一只手握着车柄的姿势，在众人的视线中唱着歌欢快地往学校的方向驶去。

在他身后，周芹早就松开了安暮晴，一直羞涩地站在那里整理发型，还摆弄着衣服，脸上可疑的桃红色出卖了她暗恋的心态，不过这些在安暮晴看来却不算是异常。

接下来，安暮晴在周芹的一问二审三批斗中去学校。

到班上时，原本大家各做各的事，当一个男同学看到安暮晴时，盯着她看了N久，他的视线一直追随着安暮晴直到她坐到自己的位置时才停下。

为了确认自己是不是看错了，他伸手拍了下身侧的男同桌："那是安暮晴?"

同桌顺着他的方向一看后猛擦眼，一副不敢相信的样子，其他同学也纷纷地向她投去探究的目光。

在班上，只有两种人才会这么受瞩目，一种是特别漂亮或者特别帅的学生，他们的一举一动都是班上的焦点。一种是特别丑的学生，他们的言行都是大家嘲笑的对象。而安暮晴这次成为热点的原因是从前的丑小鸭蜕变了！

意识到大家是在看自己，安暮晴小小的虚荣心得到了满足，可是转念间，她又开始幻想起来。虚构的场景里，穿着一身王子装的白墨坐在皇宫的晚宴席上，各国的公主纷纷上前献殷勤，可是王子不为所动。这时候身为灰姑娘的安暮晴穿着水晶鞋跑来，不小心撞上了王子。

公主们立刻对灰姑娘投去恶劣和鄙夷的目光，甚至有些公主不顾形象对她嘲讽，原因别无其他，只因眼前的姑娘没有任何的身份地位，可随便穿了一条白裙子也比精心打扮的她们美上千万分。

可令这些公主们抓狂的是，王子不但不指责灰姑娘的鲁莽，反而伸手握住她的手，然后温柔地笑着："她是我今晚的舞伴，请你们尊重她!"

最后王子托住灰姑娘的手在她的手背上印下一个深情的吻，王子的唇软软的却又带着令人温暖的暖意，让现实中的安暮晴想着想着，就双手捂着脸趴在桌子上笑得特幸福。

这种莫名其妙的笑看得同学们很奇怪，最后他们一致认为安暮晴是得到了大家的关注，所以才笑得那么开心。

也难怪，丑小鸭被打击多了，突然变成白天鹅受到热烈的目光，有些飘飘然也是自然现象。

下课时，安暮晴拿着笔在纸上画画。

就在她画得正起劲时，外面响起季暮阳爽朗的声音："安暮晴你出来下！"

安暮晴放下笔往窗外一看，随后她放下笔走了出去。

季暮阳上下打量她，然后伸手撩了一下她额前的刘海："这样看可爱多了，多看看林颖，再学学她的穿着。"

安暮晴吸气："你来找我就是说这些？"

季暮阳单手叉腰，拽拽地问："早上叫我干吗？"

安暮晴指着自己的头发："我这头发是在哪个理发店剪的？"

"你上次不是特地回头记店名的吗？"

安暮晴立刻脸红了，她心虚地低下头看着鞋尖，那时候她只是为了掩饰自己是看白墨的事实，随便瞎编的理由。

"没记住。"

季暮阳立刻质疑："记忆力这么差，你的高分是怎么考来的？"

"转学生！"

"他不是二年级的吗，为什么会来一年级？"

这时，人群骚乱，女生们激动得都要抱成一团了。

安暮晴疑惑地扭头，当她看到白墨时，整个人像是被冻住了在那一动不动。此时的白墨抱着一堆画稿往她所在的方向走，他目不斜视，走路的姿势在她看来都是王子步伐，普通人在他面前全部是陪衬。

白墨抬眸与安暮晴对视，随后眼睛一瞥，看向了她身侧的季暮阳，而季暮阳迎上他的目光，眼里满是挑衅。

天哪，男神刚才看她了！

安暮晴的心里有一个小人在呐喊："万岁，万岁！"

可是——

她现在跟季暮阳站得很近，会不会令人误解？他会怎么想？小小年纪就和男生那么亲近，他会不会认为这个女生太轻浮了，又或者他会以为她和季暮阳关系匪浅？

想到这里，安暮晴抬脚在季暮阳的脚上踩了一下。本来还在跟白墨做眼神厮杀的季暮阳，脸色蓦地一沉，然后"嗷"了一声吃痛地抽脚。

"你、干、吗?!"

安暮晴不敢也不想回答，生怕男神误会她和季暮阳的关系，于是低着头冲进了教室。

第四章 青春是无悔的张扬

曾有过的欢声笑语，在年少轻狂中张扬肆意。

那些往事点点滴滴、历历在目仿佛是今天。

只瞬间，年华不再。

一转身，物是人非。

1

一年级升学的第一次联考暨期中考试终于来到了。而每次大考的时候，一年级和二年级同步，两个不同年级的学生坐在一张桌子上，这样既可以让座位充分利用，也可以有效地防止作弊，可谓是一举两得的措施。

考试当天，安暮晴带着笔袋按照准考证号去找自己的座位，最后发现自己的考场在二年级某个班级，于是她上了二楼。

二楼走廊，一群男生围在一起几乎挡住了通道，而在他们中间个子最高的季暮阳正在眉飞色舞地说话，因为周围的杂音太大，所以安暮晴也听不清他在说什么。

“能不能借过下？”

安暮晴边说边往里面挤。

靠她最近的男生回头，一见到是她立刻让开道，其他男生也很有默契地站成两排给她让路。最后，大家集体将目光射在了季暮阳的身上，脸上挂着坏坏的笑。

季暮阳还站在中间自说自话，表情自豪中带着一丝狡黠，好像做了一件不得了的“坏”事，且这事对这些男生来说，是大力支持的。

其中一个男生高声提醒：“季暮阳，你的晴妹妹来了。”他刻意地咬重“晴”字。

另一个男生迅速纠正：“是暮嫂才对。”

随即，周围的男生一致笑开了，大家扯住季暮阳的胳膊，将她往安暮晴身上推。除了这招，他们实在想不出还有什么更直接的方式来撮合两人。

季暮阳一边反抗一边看向安暮晴，也不知道怎么了，平时嘻嘻哈哈的人，此时见到她忽然就愣了一下，反抗的动作也小了点，于是他很轻易地被这群男生推到了安暮晴身上。

两人撞在一起，娇小的安暮晴被撞得身体往后退，后背一下子抵在了墙上，她的头也因为惯性往后面撞，就在她以为自己的头会被磕得很痛时，后脑勺撞在了不明物体上，因此撞击的力度被抵消了不少。

定睛一看，发现是季暮阳的手掌贴在了她脑后，而自己的头实实在在地撞在了他手背上，他的眉头也因为疼痛皱在了一起。

就在他们眼神对视时，季暮阳很奇怪地低下头，眼里也蒙上了一层朦朦胧胧的雾气，脸颊和耳朵也隐隐红了。

这反常的举止和表情，让安暮晴错以为他是因为太痛了，痛得快要哭了，可是男儿有泪不轻弹，所以他努力控制自己不掉眼泪。旁边有很多人看着，万一哭了多没面子。

事实上，就连季暮阳自己也无法理解此刻的慌乱和心底那小鹿乱跳般的感觉。这种悸动，就算是见到林颖，也不曾有过。

很快的，季暮阳抽手，为了驱散莫名的慌乱，他卷着衣袖冲到某个男生面前，一手勾住他的肩膀，另一只手摁住他的头，将他往下压："你小子居然敢推我！"

男生连连讨饶："轻点轻点，我这不是想成人之美嘛！"

"我看你们是想少一个竞争对手吧！"季暮阳没有松手的意思，"告诉你们，我是不会放弃林颖的！"

安暮晴没再过多地关注他们的闹剧，而是按照准考证找到了自己所在的考场，进入考场时，里面坐了不少一二年级的考生，在后排，她意外地见到了阳瑾和方初莹。

见到安暮晴，方初莹挥手打招呼："安暮晴，原来你也在这个考场！"

"啊哈哈……"阳瑾站了起来用她高分贝的嗓音说，"我正愁着这次找谁抄呢，学霸在此，小抄何愁？"

安暮晴很正直地拒绝："抄袭可耻，宁愿要自己考来的鸭蛋，也不要偷来的一百分。"

阳瑾捶胸顿足："你们这些死脑筋的考场达人根本就不懂我们这些学渣的忧伤。"

安暮晴走到自己的座位上，她顺手将笔袋放在上面，然后准备坐下。

就在这时，季暮阳冲到窗前大声呵斥："别坐！"

这一声惊心的大喊，吓得安暮晴腿一软，整个人坐在了凳子上。她扭头看向季暮阳，只见他呆看着她的凳子，然后抬手捂着眼睛，一副不忍直视的模样。

上擦屁股的样子被看见了！以后想起来，满满都是泪水和心酸。

后来，安暮晴不知道自己是怎么重新坐下的，也不知道自己是怎么强撑着考完试的。男神之所以出现在她面前，是因为他是和她坐在一起的考生。与男神近距离接触本是欢天喜地的事，可她根本就没心思兴奋和开心。

一天的考试结束后，安暮晴像是被抽离了灵魂在那摇摇晃晃地走着，脑子里全是白墨看到自己擦屁股的场景，然后她闭上眼睛，脸都扭曲了。

在学校找了一个无人的角落，安暮晴对着墙又捶又打，既想抹去这段尴尬的记忆，也在为自己出丑的事情感到懊恼。

季暮阳，你这浑蛋！

发泄到最后，安暮晴把这些都归结在季暮阳身上，如果不是他，她也不会出这么大的丑。

任何人都可以看见她不好的一面，唯独白墨不可以！

因为她只想把自己最好的一面展示给他看。

2

考试结束后，安暮晴的总分毫无悬念地夺得年级第一，可三主科没有拿到满分。

授课老师们很满意她的成绩，但是安暮晴却纠结不已。没拿到满分意味着她在爸妈面前无法交差。

晚上回家，安暮晴坐立不安，不管是说话还是吃饭，都看着爸妈的脸色，生怕他们问起有关期中考试上的事情。

饭桌上，安妈夹了鸡翅放在安暮晴碗里："晴子，你们班主任今天给我发短信了。”

安暮晴的手一抖，捧在手里的碗差点掉了下来，她坐直身子：“题目有点难。”

安爸无比骄傲又自豪地说：“你们班主任说这次考试非常难，但你三主科与满分只有三五分的差距，甩第二名一百多分，简直就是天才！”

“为了庆祝，妈妈今天给你买了几件裙子。”

安妈说着将沙发上的几个袋子打开，拿出三件春秋款碎花长裙，有颜色鲜艳的，也有颜色淡雅的，属于那种淑女的款式。

她喜滋滋地接过裙子：“谢谢老妈！”她拿着裙子在身上比画了几下，笑得眼睛眯成一条线。

安爸看两眼说：“晴子不是一直穿牛仔裤和衬衫吗，怎么给她买裙子？”

安妈回道：“又不是假小子，穿得太随意不好，我们晴子打扮起来也是很漂亮的。”

为什么她也会在意起自家女儿的穿着和打扮呢？原因是女人凑在一起不是谈论丈夫就是子女。有钱的同事朋友都在炫耀老公买的名牌包和最新款的黄金首饰，她没有足够的经济实力去显摆，但是，成绩优秀的安暮晴是她在外增光的闪光灯。

包再贵，首饰再好看，也比不上儿女优秀更有脸面，因此她在朋友圈算是出足了风头，但也被嫉妒得冒油。偶然有次，她听到几个吃不到葡萄说葡萄酸的女人凑在一起长舌，类似“她女儿不就成绩好点，个子那么矮，长得还那么丑”“她女儿那长相跟她像透了，丑到哭”等。

安妈既然这么说了，安爸也就没了意见。

一大清早，安暮晴就爬了起来，然后把妈妈买给她的裙子一件一件地试过，最后选中了红色清新小碎花的。她将头发放了下来披在身后，然后穿了黑色打底裤，配上小靴子，看起来精致又有个性，还很抢眼。

收拾完毕后，她抱着几本复习资料去上课。

半路上，有几个骑自行车的男生冲到她前面再猛回头看，瞄两眼后有的吹口哨，有的笑了笑，还有的喊了声“美女”，然后骑着车乐呵呵地走了。

就在这时，季暮阳骑着车从她身侧驶过，骑到前面，他忽然捏了刹车往后看，盯了安暮晴十几秒后，他转过车头骑到她面前。

四目相对看了许久，季暮阳不确定地问：“安暮晴？”

安暮晴对他翻白眼：“换件衣服就不认识了？”

“换个发型就可以改变一生，再穿件裙子……”季暮阳将她从头到尾地打量了一番啧啧称赞，“俗话说得好，没有丑女人只有懒女人，从你身上我见到了真相。”

“去你的！”安暮晴抬脚踹他车子，“我以前只是漂亮得不明显罢了。”

季暮阳下车抱怨：“瞧瞧，原形毕露了。”想了想又问：“那天你的裤子没事吧？”

她的脸一下红了，那天她在白墨面前……

安暮晴扭过头，实在不想回忆起当时的情形，真是耻辱啊！“你还好意思提，浑蛋你让我出那么大的丑！”

“你就没让我出丑？”季暮阳立刻反驳，“那件事都成为我的黑历史了，我也没怨你。”

安暮晴揪字眼还击："没怨你还提？"

"这不是你先提的，我才跟着说的？"季暮阳理直气壮地说，"真是应了那句话'出来混的，迟早要还的'，总之我们俩扯平了！"

安暮晴像是想起什么似的又问："我怎么让你出丑了，什么叫扯平了？丢了你的车子后来我全额赔款了好吗？"

"……根本不是这件事！白痴，你什么都不知道！"

季暮阳推着自行车很认真地跟她争辩，一路上有不少学生纷纷回头看他们说话，两个人虽然争论得面红耳赤，可怎么看都是一幅温馨的画面。

阳光少年和可爱少女的组合，配上巨大的身高差，想不吸引眼球都难。

安暮晴不再纠缠"扯平不扯平"的事情，反正跟他辩论也得不到结果，于是她转移话题："那天他们说的晴妹妹和暮嫂是怎么回事，不会是指我吧？"

季暮阳全身的细胞都被激活了，他感觉到身体的血液往脸上涌，紧接着心跳加速，后背有汗往外冒。

一时半会儿，他没办法解释这件事，因为她问得太突然了。

许久，季暮阳红着脸道："这个……晚自习的时候我找你，到时候详说。"

"……我不上晚自习。"

早上上课前有半个小时的早读课，晚上七点到十点是三个小时的晚自习。理论上，所有学生必须把它们当作主课来上，但安暮晴家离学校只需步行二十分钟又是走读生，加上她学习本来就很优异，于是班主任批准了她不早读不晚自习的请求。

“……”

季暮阳惊讶极了，学霸居然不上晚自习？

见季暮阳不敢相信的样子，她继续说：“开学的时候，我就私下跟班主任说既不上早读也不上晚自习，我要自主安排时间。”

季暮阳惊讶之后，就是崇拜。

良久，他感慨：“果然是学霸，待遇就是不一样。”

安暮晴把话题扯了回来：“所以你还是现在说吧。”

“哎呀，我想起来了，张亦驰说今早找我有事。不跟你扯了，拜！”

季暮阳拍了一下自行车的坐垫，然后骑着车一下子就消失不见了。

3

一连几天一到下课，就有不少男生成群结队地跑到安暮晴班往里面探头。有的假意找熟悉的同学借课本，有些跑来“结识朋友”，还有的毫不避讳地表明目的：来看美女。

学校里，但凡是长相出色的男生和女生都会被大家关注，一旦有被挖掘到的，没多久就在男女生圈子里传开，一下子就被大家熟知。

男生喜欢组队看传说中的美女，女生喜欢抱团研究公认的帅哥，这是万年不变的定律。

而安暮晴就是被当作“潜力股”挖出来的“丑小鸭蜕变记”。

教室里，安暮晴托着腮发呆，她满脑子都是白墨的脸，仿佛一秒不想着他，他就会消失似的，让她在不安中又透着几分恐惧。

坐在中间的周芹眼看着外面的男生越来越多，她内心深处像是火在灼烧。季暮阳这段时间跟安暮晴走得那么近，而她又是剪新发型又是换穿衣风格，这摆明就是恋爱的节奏。他们之间的关系，真的如学校传闻里说的一样？

好几次她偷看季暮阳时，都听到有男生跟他打趣“季暮阳，下课怎么不去看暮嫂”“季暮阳、安暮晴，晴天才会有阳光，你们的名字都有一个暮字，这是多么深的缘分哪”“虽然她长得一般个子也不高，可人家成绩好呀，带出去其实也没那么糟糕，你们就交往试试吧”!

季暮阳从最初的反感和否认，到后来的不置可否，再到最后的微笑沉默。直到昨天，她又一次听到他身边的朋友提到安暮晴时，他的眼里盛着的是无限温暖的笑意，那满目的柔情像是一圈一圈的涟漪在眼底漾开，看得她的心沉入海底，酸涩在胸口处翻江倒海，眼眶也不争气地红了。

季暮阳或许是喜欢安暮晴的吧？

上课铃声响起时，男生们各自回教室，而安暮晴也被铃声拉回了思绪，就在她准备拿课本时，一个圆形的纸团砸在她的头上再落在地上，她顺势一看便瞅见季暮阳对她眨眼，而后若无其事地往前走。

安暮晴俯身捡起纸条，展开一看，上面写着：以后来上晚自习吧，窝在家里没前途。还有，明天我们社团有纳新活动，时间在中午，欢迎加入哟。

后面没有署名，只是画了一个很丑的戴着墨镜的小人，旁边是一个大大的笑脸符号。

安暮晴觉得自己一定是脑子坏掉了，否则她怎么会在第二天中午放学时心急火燎地回去吃饭，然后又匆匆地到学校呢？这不是她以往的风格。

校园的主过道上，两大社团对立摆了一张桌子，社长坐在中央，社员站在旁边。

过道左边，季暮阳坐在冷清的桌前，脸色黑得一如伸手不见五指的夜幕，他瞪着铜铃般的大眼，晕染了嫉妒的瞳孔里倒映着一张清俊的脸。

坐在他对面的少年眸光沉静如水，表情淡然如风，那洁白修长的手指拿笔的姿势潇洒，举手投足间的姿态温文尔雅，迷得花痴们不断地往前挤，最后被少年旁边的助手给挡回去排队。

与之相反的是季暮阳这边的冷清，除了几个力挺他的男生来助阵，几乎就是零存在感。更可气的是，这群墙头草在自己心仪的女生招呼下，居然屁颠屁颠地临阵倒戈，给死敌增加人气！

眼看没气势，季暮阳给身侧的学员猛抛眼神，学员们心领神会，他们立刻分工合作，有吆喝招人的，有伸手拉人的，还有的开始拉横幅……

人气上比不上对手，气势上不能再输！

“哟，这不是暮嫂吗？”

学员中有人眼尖一下子就瞧见了刚踏入校门的安暮晴。

其他学员见状笑盈盈地上前，在安暮晴还没明白是怎么一回事的时候，几人拉着她来到季暮阳面前。

“嫂子，你是来支持暮哥的吧！”

其中一个学员将一支笔送到她面前，另一个学员在桌子上抽出一张会员资料单摆在她面前，俨然一副好生伺候争取拉炮灰跳坑的趋势。

安暮晴接过笔，她茫然地看着季暮阳。意识到她是在看自己，季暮阳心里一紧张，迅速低头，唇角还携着笑意。一瞬间，阳光少年似乎变成了扭捏的小姑娘，怎么看怎么诡异，尤其是安暮晴，看得周身凉风阵阵。

“嫂子，怎么不填呀？我们暮哥可专门等你呢！”

身侧的学员按捺不住开始催促。

安暮晴求教：“这是什么呀？”

学员们面面相觑，他们的横幅拉那么长，她都没瞄一眼吗？这摆明就是不给面子，当众甩脸的节奏啊！

离她最近的学员努力挤出得体的笑容：“加入我们社团呀！”

安暮晴继续一脸求知地问：“你们是什么社团？”

啪的一声，学员们感觉自己脑子里那根名为“冷静，好好说话”的神经断了。

她不是来支援的，绝对是敌方派来砸招牌并看他们出丑的杀手锏！

这一招，简直是出其不意，攻其不备，让他们齐齐沦陷。

“摄影。”

从“娇羞”中跑出来的季暮阳吐出两个字来。

安暮晴拿着笔迟迟不肯填写资料：“社团招募不都是在新学期开始吗？这都期中考试结束了，还纳新？”

季暮阳被她问得哑口无言。

“安暮晴？”

身后传来动听无比的声音，那缓缓如琴声的语调萦绕在她耳边。

情不自禁的，安暮晴转身，一下子就对上了一双桃花眼。

阳光倾泻在少年的脸上，明亮的光线在他白净的脸上跳跃着，桌面上投映着摇摇晃晃的剪影。他看起来那么美好，美好得让她的视线都像是过滤了一层光环。

这不经意的对视，像是经过千山跨过万水越过泥泞沼泽后的短暂休憩，让她暗恋到疲惫的心有了喘息的机会。

红晕以疯狂的姿态爬到她的脸上，在激动之余，她又忍不住地紧张、颤抖。

他不会知道，那一次偶遇，她默默喜欢上他之后，就把想他作为每天必做的功课。她每次都发疯地想见到他，可又害怕见到他之后不知道该做什么，于是又胆怯了起来。这种不见的时候想念，能见到又紧张到想要退缩的心情，让她备受煎熬。当然，她上课的时候也总是走神，等她清醒后发现课本上写满了他的名字。

原来，这就是暗恋一个人的感觉：在思念的焦灼里，靠着无限的爱意来支撑，心酸中带着丝丝甜蜜。

“你是叫安暮晴吧？”

见她许久不说话，少年又试探性地问。

“……呃，是。”安暮晴的心脏如小鹿乱跳。

在少年桌前排队的女生纷纷回头看向安暮晴，她们的表情千奇百怪。

“这支笔，是你的吧？”少年垂眸，阳光斜照而下，长长的睫毛挡住了部分光线，在他眼下投下斑驳光影，“那天考试，你忘了带走。”

那是一支黑色中性笔，记忆中她似乎没有这支笔，因为她的喜好是花哨的卡通系，这种简单的款式不是她喜欢的。

安暮晴原本想否认，少年起身并拿着一张资料表走到她面前。目光交流时，安暮晴的呼吸变得非常急促，胸腔像是要爆炸一般，手心有汗水往外冒。

她从来没想过真的会有这么一刻，他跟她说话，还靠她这么近，近到她都能看到他脸上其实还有几个不明显的雀斑。

停，重点搞错！

她关注的应该是男神的气度，而不是他脸上的雀斑，这分明就是鸡蛋里挑骨头！

不过，在她假想的设定里，男神是完美无缺的，他的脸是这世间最无瑕的存在，他怎么会有雀斑呢？这不科学呀！

等等，怎么又关注雀斑了！

“这笔不是……”

安暮晴还没否定成功，少年冲她微微一笑：“我叫白墨，刚创建漫画协会，有兴趣加入吗？”

“抱歉，这是我的会员！”安暮晴还没说话，季暮阳的手已经搭在了她的肩膀上。

这架势怎么看都是挑衅！

白墨敛去了笑意，眸光忽然变得意味不明：“她好像没填资料吧？”

“你哪只眼睛看到了？”季暮阳的语气明显含着攻击和针对的意味，“就你那小协会，大家也只是一时图个新鲜，画画能顶什么用？”

白墨温和地反击：“也就是说，你的摄影能顶什么用是这个意思吧？”

季暮阳顿了一下，脸红得发紫，一看就知道是气得不轻。

夹在中间的安暮晴听着他们的对话，心里第一个想法是，季暮阳真可恶，居然攻击男神，而且用词粗俗。第二个想法是，男神连生气都这么温和。

季暮阳仰头骄傲地炫耀：“能不能顶用我说了算，我的摄影作品可是得过奖的，你有吗？”

白墨不咸不淡地说：“昨天我刚在X杂志载完第一季作品，也签下了图书合同，预计最快是六个月后全国上市。”

这简直就是神一般的存在！

原本就喜欢白墨的女生们眼里崇拜的意味更明显了，不少女生嚷着漫画上市要买一本还要亲笔签名，那些站在季暮阳旁边的最后主力军，也倒下了！

白墨微微一笑，这和煦如风的笑容，似乎让中午的烈日也软化投了降。他反身拿起纸笔写了一个便条递给安暮晴，声音悦耳极了：“这是我的联系方式，如果你想加入我们协会，随时欢迎！此外，学校论坛刚开辟了漫画专区，有兴趣可以进去跟其他会员交流。”

安暮晴傻傻地接过白墨的联系方式，头一阵眩晕，她几乎不敢相信这是真的，男神不但主动打招呼，还留下了自己的手机号码。幸福来得太突然，受宠到连惊讶都不知道需要用什么表情。

心里冒酸水泡泡的季暮阳也不甘示弱，他迅速写了一连串的数字给安暮晴："这是我的联系方式。"

两个男生之间的战斗，她这个夹在中间当靶子的也不是很惨，因为一下子就得到了学校两大男神的手机号码。听他们的语气，她成了香饽饽，双方都是随时候命的意思。

出于女生的虚荣心理，备受重视的安暮晴感觉整个人都飘起来了。

第五章　少年笑如花

还记得吗？流年中纯粹又干净的岁月里，那个有着一头短硬头发，皮肤稍黑的少年，坐在银色的自行车上一脚着地，他逆光向你，阳光忽闪忽闪，投下一地剪影。

在那张扬不羁的年月里，倨傲的少年也在小心翼翼的试探中，坠入了万劫不复的深海，把所有的时光都留在了潮湿的梦里，让那段你以为会平淡无奇的岁月微波荡漾、笑靥如花。

1

打开电脑，登上学校 BBS 论坛，安暮晴进入灌水聊天区。

果然，里面话题最多最热的就是有关白墨的信息，还有很多花痴的盖楼帖留言达到上万，人气值可媲美当红明星。

而有关他的八卦信息标题都是加红加粗，前面还加有“男神白墨”的前缀，方便大家迅速甄别帖子，然后准确点击发言聊天，火热程度到了痴狂的地步。

安暮晴随便点开一个八卦白墨的帖子，里面有很多白墨的照片，在图书馆的、在食堂的、做操的、体育课上奔跑的、坐在校园一角画画的、在奶茶店等候的……

总之，男神所有细微的动作，每一个片段，这群“花痴狗仔队”都不愿意放过！对于这些暴露个人隐私的照片，没有任何人指责，大家无一例外抱团赞美：楼主辛苦了、楼主拍得好帅、楼主好人一生平安！

安暮晴进入属于白墨的协会专区，里面原本是他和协会成员的小互动，现在都被花痴们占领，找了许久她才点开有价值的帖子，上面有白墨的手稿和漫画连载的部分作品。

白墨的画风细腻唯美，人物线条柔和，风格看起来像是女漫画家的作品。下面的留言，男生一致抨击画风“太娘”以及“不够爷们范”，女生们反击“喷什么喷？有本事自己去画”。

安暮晴注册了一个小马甲，在所有白墨的主ID下留言，并且收藏了他的个人资料主页。

做完这些，安暮晴从房间做贼一样溜到客厅，把爸爸平常不怎么用的放在货架上的手机拿进房间。她反复编辑短信，写了又删，删了又重新写，最后发了一条很简短的短信给白墨：你们漫画协会招募会员的截止日期是多少号？

挣扎纠结了许久，她几乎是颤抖着摁下了“发送”键，发完后，她将手机塞进被子里，自己抓着被单捂着脸，非常激动。

激动过后，她从被窝里掏出手机，双眼一动不动地看着手机屏幕，心里既紧张又期待。可是等了将近半个小时，也没见白墨回复，安暮晴心里怀疑他到底有没有收到短信，又或者他在画画所以没空？

又等了十几分钟，白墨还是没有回复，期待变成了失落，又变成了刺刺的心痛。

安暮晴返回电脑前又进入学校BBS论坛，里面的热度不减，女生们正火热发言。其中有个帖子里，有人回复“号外，注意！本论坛因为白墨的缘故访问值增高，尤其是周六晚上七点到九点期间，会出现论坛服务器瘫痪现象”。安暮晴看了一下时间，现在是晚上八点，且是周六。

安暮晴关掉帖子，回到主页面，原本想趁着瘫痪前看看白墨的主板块，结果意外地看到了摄影板块，上面写着现任团长季暮阳，她想了想，点了进去。

板块里也有很多帖子，但比起漫画协会板块就差远了，里面的帖子也有八卦季暮阳的，下面也有“花痴帮”的跟帖，这些ID无一例外现在都成了白墨的死忠粉，看她们的发言都停在某一个时间段。

新帖子都是季暮阳自己在狂灌水，一个人自说自话，没人回帖没人追捧的主题，安暮晴看了都觉得寂寞。

于是她又注册了新马甲，回帖：这里的人气太令人心酸了。

不到十秒钟，季暮阳回复：你是谁？

安暮晴回帖：我是谁不重要，重要的是你真无聊。

可点击发送的时候，总是显示错误，最后论坛华丽丽地——挂了！

对着白茫茫的一片，上面显示的“糟糕，论坛崩了”的字幕，安暮晴哭笑不得。许久，她拿起手机编了一条短信给季暮阳发了过去：有自娱自乐的时间赶紧多看看书。

几乎是几秒钟的时间，季暮阳回：安暮晴？

安暮晴被他回信的速度给震到了，她继续编短信：别猜了，没有粉丝的日子很寂寞，看书做习题是缓解无聊的办法。

又是几秒的时间，这次季暮阳不是回短信，而是直接打电话。安暮晴吓得立刻钻进被窝，以最快的速度接了电话，她压低声音："你找死啊？"

"安暮晴我就知道是你！"季暮阳在电话那边得意道，"看来你很关注我嘛，在网吧上网来论坛的？怎么，看上哥哥了？"

"呸！"安暮晴否认，"我家有电脑也有网线。"

"学霸也能玩电脑，你爸妈不怕你沉迷网络？"

"这个不用你操心！"安暮晴的声音更低了，"我不方便电话聊天，短信聊。"

要是被爸妈听到她在打电话，还是跟男生，那就没办法解释了。

"行！"季暮阳在那边笑了一声，"有 QQ 吗？"

安暮晴如实回答："有，但不常用。"

"我待会把号发给你，记得加我。"季暮阳说着迅速挂了电话。

电话刚挂断，季暮阳就将自己的 QQ 号发给了她，看到号后，她登录自己的 QQ 号，加了他的号，片刻就接到了他请求加好友的信息。

季暮阳很实在，网名就是自己的名字。

安暮晴则处处显得脑子抽筋，例如她的网名是：大家叫我学霸。

季暮阳：学霸，你的网名真俗。

大家叫我学霸：有意见憋着。

季暮阳：加入我们摄影协会吧。

大家叫我学霸：可我想进漫画协会。

季暮阳：……

发了省略号后，季暮阳的头像黑了。

几乎是同一时刻，短信提示音响起，安暮晴拿起手机一看，是白墨的回信：你是？

简简单单的两个字，看得安暮晴立刻跳了起来。

她忍不住欢呼起来：“哈哈哈……回了，回了，回了！”激动的时候，不忘在房间里又是蹦又是跳的，还哼着小调，开心得像是中奖了。

这时，爸妈的声音在外面响起。

“晴子，你在叫什么？”

“怎么了晴子？”

安暮晴吓得一身冷汗，她急忙将手机塞到床底下，然后开门探出头来，门外爸妈用怪异的眼神看着她。

“被一道题卡住了，刚解答出来，所以……所以很开心。”

安暮晴觉得，除了考高分，自己说谎的本领都快达到炉火纯青的地步了，几乎是信手拈来。

果然，爸妈也没怀疑。

妈妈贴心地说：“做题都做得入迷了，今天就早点休息吧。”

爸爸也跟着附和：“题目太难就放在那明天问老师，别太较真。”

安暮晴点头后关上房门，她将耳朵贴在门上，听到爸妈进房关门后，火速跑到书桌前抽出一本新买的笔记本拿着笔扑到床上。

她仔仔细细地看着白墨的回信，心里甜极了。随即她打开笔记本，写下20××年××月××日，晚上××点××分。下一行写上白墨回给她具有纪念意义的两个字：你是？

当然，问号她也没舍得去掉，争取保持原版。

写完后，她激动地回：我是安暮晴，是你给我你的号码。其实我很喜欢漫画，也很喜欢看漫画，一直想学来着，不过这里没有教我们画画的老师，连个培训机构都没有。如果能加入你们协会的话，是不是能跟着你学？

一口气打出这么多字后，安暮晴将短信发了过去。

紧接着，又是漫长的等待！

电脑传来了几声滴滴滴滴的 QQ 消息提示音，安暮晴的心思都在白墨的回信上，所以也懒得去看电脑了。大概是等了半个小时，短信音响了一下。

安暮晴几乎是跳了起来，她立刻看短信，结果心像是被浇了一盆凉水，给她发短信的是季暮阳。

内容是：在干嘛，怎么不回短信。

小小的失望，她还是回了短信：是干吗不是干嘛，打错字可耻。正忙着看书呢，哪有你那么闲。

季暮阳：发个短信挑什么错别字，能不愤青吗？还有，你边看书边开着电脑？

安暮晴：你怎么知道我电脑是开的？

季暮阳：你的 QQ 是亮着的。

安暮晴窘了一下，她跑到电脑前点开季暮阳的对话框，上面有一连串的话，无非就是学什么漫画，来我们摄影协会，女生不都是爱美的吗，我给你拍美美的照片。你喜欢什么风格的，我都能给你照。

安暮晴迅速敲击键盘。

大家叫我学霸：能照 COS 吗？

季暮阳：COSPLAY?

大家叫我学霸：嗯，很喜欢漫画，对这些感兴趣。

那边顿了几分钟然后发了好几张照片，全部都是动漫角色扮演，她喜欢看的漫画人物几乎都有。

大家叫我学霸：好厉害，是你扮的？

季暮阳发了一个戴着墨镜牙齿放光的图像：化妆了，看不出来吧？原版度是不是很高？加入我们摄影协会吗？

大家叫我学霸：容我再考虑下。

季暮阳：再见。

很快的，他的头像就黑了。

见他下线了，安暮晴也关掉QQ和电脑，然后一心等着白墨的信息。

可这一等就是一个晚上。

第二天醒来的时候，安暮晴翻看手机短信，可现实让她非常失落，因为白墨根本没给她回信。

安暮晴先删掉季暮阳的短信，最后一咬牙也删掉了白墨的短信，并且清除了通话记录，随即将手机放回客厅，神不知鬼不觉的。

周末两天在家，趁着爸妈不注意，她时不时地看下客厅手机，想看白墨回信了没有，但期望越大失望也就越大。

两天，他都没有任何动静。倒是上网的时候，季暮阳见她上线就发消息，一来二去的，两人聊得也挺欢畅。

2

星期一早上刚到班上，全班同学的眼睛齐刷刷地落在了安暮晴脸上，而班主任章老师站在她课桌前询问同学。

她的桌子被弄得乱糟糟的，桌面也被刀划得斑驳不堪，上面还有红墨写着：去死！

这已经是第二次有人在班上威胁她了，上次她没在意，班主任说会调查，但是也没调查出什么结果来，事情也就不了了之。

章老师严肃地问："这字到底是谁写的？"

全班同学都保持沉默。

章老师继续问："今早谁开的门？"

班长举起手来："我。"随后她追加一句："我是跟周芹一起到的，我们来的时候，桌子已经变成那样了。"说着，她向周芹坐着的方向看去。

周芹点头："我作证。"

章老师问班长："那昨晚哪一组值日，谁最后一个走？"

班长站了起来指着靠窗的最后两排："他们四个，至于谁最后一个走我不清楚。"

周芹低头道："我。"

所有人的目光都集中在周芹身上。

周芹辩解："不是我，我跟安暮晴是邻居。"

安暮晴赶紧说："老师，不关周芹的事，她没理由这么做。"

章老师也没多加猜测，而是对安暮晴说："你跟我去趟教导处。"

安暮晴很疑惑，但还是跟着班主任进了教导处。

教导处，季暮阳爸妈一人站一边，两人气势汹汹一副来者不善的样子。

见到安暮晴，他们的表情就更不好了。

季妈声音尖厉地说：“上次的事情都过去这么久了，学校到底想怎么解决？想拖久了，让我们记不得了是吧？”

安暮晴退到一边，不抬头也不说话。

季暮阳的话，她还记得。他爸妈之所以咬着不放，只是太担心他。

教导主任说：“我们还在查。”

“结果呢？”季爸问。

教导主任很抱歉地说：“暂时没有。”

季妈尖刻地讽刺：“是根本不想查，或者凶手早就知道是谁，不想罚吧。优等生的特权啦！我们家小阳这种学生，哪是你们的心上事。”

“对于学生的安全，我们是一视同仁的。”教导主任解释道，“请给我们一点时间。”

季妈逼问：“那要是查不出来呢？”

“那也不能平白无故地冤枉人呀！”章老师说道，“你们也没证据证明安暮晴对跳杆做了手脚，也只是猜测。”

“哟，终于表明立场了是吧？好学生就是腰杆子硬！你们不处理，我们自己想办法！我倒是想看看，心里阴暗的野丫头到底是谁教出来的。”

季妈气得口无遮拦，直接对安暮晴进行人身攻击，说完了，拉着季爸怒气冲冲地走出了教导处。

他们走后，章老师认真地问：“说实话，你跟季暮阳有没有过节？”

安暮晴觉得很委屈：“我跟他以前是在嘴巴上辩过几句，但我没做那件事!”

“那你在学校得罪过人吗?”教导主任问。

安暮晴如实相告:“不清楚。”

“会不会跟‘笔友’那件事有关系?”章老师推测,“你给哪些学生写了信?”

安暮晴摇头:“不知道。”

章老师质疑:“你给谁写了信,你不知道?那些信是怎么散出去的?”

信是她写的,但送给谁那都是周芹的事情,她也不过问。当初事情闹到学校的时候,她也一个人揽了责任,就说是自己写的,具体细节老师也没问,他们只注意学校有“交笔友”这个事实,然后想着怎么杜绝,过程的发生不是他们关心的。

“不记得了,那么多人,我没印象。”

章老师无奈地摇头:“你说说你,好好学习就好好学习,学那些不学无术的人‘交笔友’,现在麻烦大了吧?要是再找不到嫌疑人,我们也只能按照他们的要求,找你父母来学校了。”

安暮晴一听,心都悬了起来。

怎么办?她不想被爸妈知道!

浑浑噩噩地上了一天课,安暮晴一直在为季暮阳爸妈找碴的事情着急。班主任的意思就是,如果再找不到凶手,她的父母就会被叫到学校。

她不是怕爸妈不相信她,而是怕班主任没告诉他们的那些事情,他会趁着这个机会一股脑地给供出去。

晚上放学,安暮晴感觉身下黏糊糊的,身体不舒服,肚子红糖。

付款的时候，季暮阳都不敢看收银员的脸，也故意装作没听见后面售货员的议论，他感觉自己的脚底都在冒热火。从小到大，他还没买过女性用品，每次陪妈妈去超市的时候，他也会避开。没想到，今天他坠入火坑了！

随后，季暮阳陪安暮晴去奶茶店将她送进卫生间，最后自己在奶茶店要了几杯热开水，给她冲了几杯红糖等她出来喝。

安暮晴按着腰出卫生间时，季暮阳将红糖水递给她："趁热喝。"

瞥了一眼是红糖水，她很嫌弃地扭头："不喜欢。"

季暮阳将水杯往她嘴边送："能缓解你的肚子痛。"

"谁说的？"

"这是常识，你妈没传授过经验？"

"难道你妈给你传授这些知识了？"

季暮阳被安暮晴问得噎住了，他撇嘴嘀咕："男人都是无师自通的。"事实是，男生凑在一起，会聊一些很私密的问题，尤其是关于女生的话题，所以知道的事情也跟着丰富起来。

很多连女生自己都不清楚的事情，男生都知道得一清二楚。

季暮阳在奶茶店陪安暮晴约莫半个小时，最后骑着自行车载她回家，在离家还有一段距离时，安暮晴说："就在这停。"

季暮阳单脚着地平稳刹车："你家在这？"

"还有一段路。"安暮晴的肚子不那么痛了，她下了车猛吸气，"我们那条街道的人特八卦，要是看到男生和女生在一起走，大家会瞎猜的！"

季暮阳挑眉，一脸坏笑："猜你是我的小女朋友？"

安暮晴点点头："差不多就是这个意思。"

季暮阳嘴角上扬，笑容灿烂又明媚："那就让他们猜呗！"

"那怎么行！"安暮晴立刻否决，"你不知道他们的嘴巴，一传就变样了还不说，被爸妈知道了，我就算全科都考满分，他们也不会饶了我！"

季暮阳耸耸肩，失望的神色在眼里稍纵即逝，脸上稍稍有些落寞的意味，心里忽然不是滋味，总觉得不开心，还有点空落落的。

"谢谢你！"安暮晴边说边解开她腰间的衣服打算还给他。

"你围着呀，解开不就看到那个……"季暮阳指着她身后，"不太好吧。"

安暮晴窘迫地将衣服系紧："怎么办，我不能就这样系着你的衣服回家啊！"

"没事，我不冷！"

"我的意思是，被爸妈看见我系着男生的衣服不好解释，左邻右舍看到了也会瞎猜瞎讲，我爸妈最在意别人说什么了。"

季暮阳又撇嘴。

还以为她会担心他冷不冷，结果是这样。

有女生像她这样没心没肺的吗？

"那个……是经常跟你在一起的女生吧。"季暮阳刚抬头，就看到准备去学校上晚自习的周芹迎面走来，意识到季暮阳的目光，她像是受惊的小兔迅速低下头。

安暮晴回头，见到周芹的她像是抓到了救命稻草一样扑过去："周芹，见到你太好了！"然后她附在周芹耳边说："我不小心把那个弄在身上了，帮帮忙！”

周芹看了一下她的腰，这才注意她腰间系了一件男生的衣服，而且款型一看就是季暮阳的，再联想到刚才季暮阳的目光，周芹不用问也知道是怎么一回事了。

安暮晴解下衣服还给季暮阳，然后在周芹的护送下回家。

路上，周芹忍不住问：“季暮阳知道你今天生理期，衣服还是他借你的？”

“要是没遇到他，我就完了！”安暮晴只顾说自己的，没注意到周芹惨白的脸，“不过我今天知道了一件事，就是生理期肚子痛可以喝红糖水，真的很有效哎，我本来不相信他的。”

“他？季暮阳？”

“怎么了？”

周芹抿唇，所有想说的话，都被她咽了下去。

说了又怎样，嫉妒又如何？

他们之间走得越来越近，而她喜欢他的心思，也从来都不敢表露。

3

课间操。

阳瑾拽着方初莹插进了安暮晴的班级，三个人站在了一排。她边做操边怂恿安暮晴：“跟我去高年级如何？”

“自己去呀！”安暮晴做伸展运动，“我这几天麻烦缠身，不能再折腾了。”

阳瑾把胸脯拍得啪啪响：“有什么麻烦跟我说下，我来替你扫平。”

“你只会越扫越不平。”

“哎呀，先去再说!”阳瑾一手拉着安暮晴的手，另一只手拽着方初莹的胳膊，在浩大的学生队伍里穿梭着来到了二年级区域。

一进入二年级，安暮晴的心就提起来了。

白墨就是二年级的，他一定在这里的某个地方。今天她没怎么打扮，处于生理期皮肤也不好，精神状态不佳，被他看到很不好。

阳瑾直接去了张亦驰的班级区域，带着安暮晴和方初莹混进了男生的队伍。旁边的女生堆里，其中一个女生见到安暮晴和阳瑾在一起，就显得特别紧张，脸色都变了，身体还在发抖。

站在女生后面的同学戳了一下她后背：“许静你怎么了?”

许静紧张地离开队伍：“我不舒服，先回去了。”末了，她还不忘回头看安暮晴和阳瑾，最后逃也似的离开。

而男生队伍里，见到有异性他们都活跃了，除了阳瑾太过彪悍令人退缩，安暮晴的可爱，方初莹的温婉甜美，都是他们喜欢的类型。

“方大美女，你男朋友在隔壁班，怎么来我们班混进男人堆了?”

方初莹低头羞怯地笑了笑，她抬头看向了另一边，然后低着头小跑过去，平时个性温柔的她，跑的时候像个兔子一样，显得很欢快。

一会儿，她就站在了一个长相一般，着装痞气的男生后面。

“那男生是谁呀?”安暮晴觉得男生很刺眼，但方初莹的笑又太美，让人移不开视线。

阳瑾啐了一口，显得很不爽："初莹的混账男朋友，叫高飞，人丑成绩狗屎也就算了，性格差也忍了，他还混得连基本原则都没有。初莹就是一根筋，姐姐怎么拆都拆不散他们，烦死了。"

"初莹是怎么跟他交往的？"

"那时候流传高飞喜欢初莹，于是初莹就在好奇之下关注了他，关注久了发现有了好感，然后就在一起了。"

"不是吧，这也行？"

长大后她才知道，年少时，很多的学校恋情都是从起哄中萌芽的。

本来毫不相干甚至是从来都没说过话的男女生，因为听说一方喜欢另一方而关注彼此，或者一群无聊的同学硬是将两人扯在一起，这种情况十有八九不是真喜欢上了，就是牵手恋爱了。

"爱情从来都是意外的，但好歹也意外个人貌兼备的校草吧，季暮阳和白墨都是上上人选呀。"阳瑾剜着高飞，"凭初莹的姿色，学校里的男生她随便挑，林颖算什么！"

"上上人选，你不也只看上张亦驰了？"

"那不一样，张亦驰的优秀不是外在，是由内而外，俗人一般挖掘不出来。"

所谓情人眼中出西施，大概就是这种情况了。

阳瑾说着，还不忘瞄几眼准备撤退的张亦驰，为了防止他逃走自己无法表白，她挽起衣袖，猛地蹿到了他面前，吓得张亦驰差点给她跪下了。

张亦驰拉长脸，一副哭腔：“我说姑奶奶，这是学校，你低调点行不行？”

“我没做什么呀，看你做操不行吗？”

阳瑾站在他身侧笑眯眯地看着他，还踢腿伸手跟着广播做操。

另一边，几个男生围在安暮晴旁边调戏。

男生一问：“你是不是跟季暮阳在交往？”

“谁说的，瞎扯！”

男生二追问：“那你有男朋友吗？”

“没有呀！”

男生三求问：“那你喜欢什么类型的男生？”

安暮晴还没回答，眼尖的季暮阳就钻了过来，他拉着安暮晴就往后面走。

身后，立刻有男生们起哄，有吹口哨的，有故意尖叫制造气氛的。

还有人高声喊：“暮哥，我们刚才只是跟暮嫂说几句话，你别往心里去。”

季暮阳不搭理那些人，他边走边问：“好端端的混进男人堆干吗？”

“阳瑾拉我过来的。”

“她经常疯疯癫癫地追张亦驰，你也想向她看齐？”季暮阳歪着头斜视她，“怎么，有喜欢的人了？”

“关你什么事？”

季暮阳停下脚步期待地问：“说出来听听，看哪个倒霉蛋这么惨，被你喜欢上！”

右侧，生怕一个对视，她心里的小九九就被看穿了。

“把资料填好，然后再给我。”

“你在哪个班?”

“二年级八班。”

八班……

一年级升二年级就会有文理分科，所有理科分数拔尖的学生会被分到一个班，那就是八班，俗称“实验班”，能进入里面的学生都是年级精英。

看来男神不仅有傲人的一技之长，成绩也是数一数二，完美得有些不真实。

“好。”

安暮晴从他手里接过表格，心里的小人又开始雀跃了：万岁，万岁，万万岁!

白墨走后，她乐颠颠地进了班里，全班女生的眼神像是刀子一样射了过来，沉浸在喜悦中的她没有注意到这些微妙的嫉妒。她摊开表格，伸手从桌子底下摸笔，一摸发现里面有折成方形的纸，她弯腰往下看，桌子里面有不少信，随手摸出来，这些信纸颜色鲜艳且都折成了心形，数了数，居然有六封。

在好奇心的趋势下，安暮晴一一拆开，里面都是一些我喜欢你之类的话，署名写着哪个年级哪个班谁谁谁，交代得一清二楚。

恶作剧。这是她的第一反应。

安暮晴将这些信放了回去，然后摸出笔开始认真地填写资料，填完后她漫不经心地上了一节课，下课后，她拿着资料就去二年级八班。

走在二年级区域，走廊上的两排男生集体看着她，让她心里很虚，不少男生冲着她吹口哨，还有男生冲某个教室里喊："季暮阳，你的晴妹妹来了！"

只是片刻的时间，季暮阳先是不确定地探头，见到安暮晴后，他伸手摸了一下头发然后笑嘻嘻走了出来。他眼尖地看到她手里拿着的东西，满脸的笑容一下子凝固了，随后他的眉头皱起："又给谁送情书，你能不能矜持点？"

安暮晴蹙眉："是进入漫画协会的资料！"

一听是漫画协会，季暮阳的表情更狰狞了："那里有什么好进的？"

"我喜欢看漫画，我想画画。"

季暮阳伸手夺过她手里的资料："我带你COSPLAY。"

安暮晴立刻踮起脚尖想从他手里抢回资料，可他就是不给。情急之下，她问："我能两个协会都进吗？"

季暮阳几乎是跳起来嚷着："哈，你还想一脚踏两船？"

旁边看戏的学生们立刻笑开了，男生们又围在了一起开始议论。

"可我真的喜欢画画，那是我最初的梦想。"安暮晴说着眼睛就红了，"生活在这里，有钱都找不到老师教。"

见她快哭的样子，季暮阳一下子就心软了，"非要画漫画吗？素描学不学？"

"我只想画漫画，讲故事。"

"素描是基本功。"季暮阳挫败地将资料还给她，"你想进哪里随便你咯，不过我会画素描，如果是这个……嗯，你可以找我，我教你。"

叫许静的女生一震，她顺着女生指着的方向看到了安暮晴。而安暮晴也看向了她。

眼神交流后，安暮晴仿佛被针刺到了，不舒服。

许静阴沉沉地看了她一眼，什么也没说，跟着人流走出食堂。

晚上下自习，安暮晴还没来得及叫上周芹一起回家，她就抱着书像是一道急速闪电瞬间不见影子。

坐在班里，看着同学一个一个地走出教室，她忽然犯难了。说好跟季暮阳晚自习后见，可在哪见呢？没约好地点，学校有这么多地方，她到底在哪等他？

班长最后一个走，见安暮晴还坐在原位，把锁放在她桌子上："走的时候锁好门。"

外面喧闹了许久，最后变得无比沉静。想必，走读生都出校门了，住宿生也回了寝室。再不走，校门锁上，她就没法回去了。

就在她收拾课本的时候，走廊外响起富有节奏的奔跑声，紧接着季暮阳出现在教室门口，见到安暮晴，他吸了一口气："你果然在这里。"

见到他，安暮晴心情忽然很好，她连书也不收了，立刻跑到他面前仰脸问："你怎么才来？"

"我在校门口等了快三十分钟了！"季暮阳急忙掏出手机在她面前晃，"我还以为你走了呢，想想不对，我们说好了晚自习见的，心想你可能在班上。"

安暮晴抱歉地吐舌头："那我收拾一下。"话落，她转身回教室开始收拾课本，季暮阳在门口踌躇了一会儿，走到她桌前看着她收拾。

安暮晴从桌子下面拿课本的时候，几封皱巴巴的信掉了下来，没等她去捡，季暮阳迅速弯腰给捡了起来，瞟了几眼后，他冷笑。

不容安暮晴说话，他将这些信揉成一团："写得这么没诚意，肯定是要你的。"

安暮晴眨眼，她将其他的信也拿出来放在桌子上："还有这些。"

季暮阳再次抓起那些信，这会儿连看也不看就跟刚才的信揉在一起，然后准确无误地扔进教室角落里的垃圾筐。

安暮晴疑虑道："人家一个字一个字写出来的，就这么糟蹋会不会不太好？"

"这些东西你也信？"季暮阳低头看着安暮晴，他抬手捏了捏她的脸颊，"瞧瞧你，长成这样谁会看上你呀？以男人的专业角度来看，这些信不靠谱。"

"那以后再收到类似的信呢？"

"收到了先别看！"季暮阳理直气壮地说，"全部交给我。"

安暮晴不解地问："为什么要交给你？"

"因为我是男人呀，我可以以男人的角度来评判对方是不是真心实意，而且看到对方署名后，我还可以帮你打听对方人品，你不把信交给我，我怎么帮你？"

安暮晴想了想觉得很麻烦，而且她已经有喜欢的人了。

就算有男生给她写情书，她也不会接受，既然无法回应别人的感情，那就不要给他们希望，让他们把精力放在其他地方。

“算了，以后再收到，我不看全扔了。”

季暮阳对她的决定很满意，他拍了拍她的头：“这才是好学生！”

“咕咕咕”，就在这时安暮晴的肚子在闹饿。她捂着肚子，很尴尬地低下头。

“晚上没吃饭？”

“食堂里的饭菜吃不惯。”

季暮阳笑得一脸灿烂，他将自己的单肩包卸下直接挂在了她肩膀上，并将她收拾好的书，全部放进自己的包里，然后很自然地搂住她的肩头。

“走，哥带你去吃大餐。”

安暮晴抬手推下他趁机占便宜的手：“这样出去会被人误会的！”

季暮阳原本还想再搭回去，可看到她的表情好像很不喜欢的样子，于是背到了身后。

他心里落寞，面上还保持着大大方方的模样：“那有什么关系，我们是好兄弟。”

“你对其他女生也这样？”

“不是呀。”季暮阳想了想，“我只有你一个女生好兄弟。”

“哦。”安暮晴应声然后提醒，“那以后你有了其他女生好兄弟，一定不要这么做。我没什么啦，但有些女生可能会跟你决裂哦。”

季暮阳不再应话。

因为，他觉得很失落很失落。

2

两人出教室后，季暮阳在校停车区取走自行车，然后载着安暮晴兜风。秋末的夜晚，点点繁星如碎了一地的玻璃装饰着夜空，凉飕飕的风吹在脸上冻得人直打哆嗦。

骑到下坡路，为了赶时间季暮阳继续踩着车子，车速快得惊人，坐在后面的安暮晴心都悬了起来，腿肚子都在发软。

她下意识地双手环住他的腰，把头靠在他的后背："慢点，我好害怕！"

被她这么紧紧拥抱，女生柔软的身体贴在后背，让季暮阳的心底冒起了幸福的泡泡，于是脚下踩得更有劲了。

"怎么还这么快?"安暮晴情急之下伸手掐他的腰。

季暮阳忍着锥心的痛大声说："轻点，太粗鲁小心以后嫁不掉！我这不是赶时间吗，那个地方挺远，要是吃晚了你回去不挨骂?"

"那就不去吃了，我回去随便吃点零食。"

"都快到了，哪有回去的道理！"季暮阳扭头道，"你对吃饭的地方有没有要求?"

"比食堂味道好就行。"

"我说的是环境。"

"有的吃就行。"

"这简直是没要求。"

十五分钟左右，季暮阳在一家面馆前停车。安暮晴跳了下来看了一下招牌，发现这家店穷得连招牌都挂不起，但是里面坐满了吃夜宵的学生还有上班族，很多人排队点面，不少人端着碗坐在了外面的凳子上将就着吃。

这么晚了，生意还这么火爆，可见这家店的面肯定非常好吃。

季暮阳进店点了两大碗面，要了两个茶叶蛋和两杯豆浆，然后端着盘子到外面，将这些东西放在凳子上，然后拿着两个小凳子，一人一个坐下。

稳稳坐下后，安暮晴感慨道："好像小时候吃饭，人坐在小凳子上，碗放在大凳子上。"

季暮阳将茶叶蛋剥了皮放进她的碗里："快点吃，这面凉了就不好吃了。"随后，他拿着筷子夹起面津津有味地吃着。

安暮晴也拿着筷子吃了起来，这面的味道确实不错，劲道，入口滑溜，香气满溢。

"很好吃。"

"好吃就对了，快把茶叶蛋也吃了！"

安暮晴点点头，然后继续埋头苦吃。季暮阳的速度很快，她才吃几口，他的碗里快见底了。她一边吃一边看着他的碗嚷着"慢点慢点，我看你那么快好着急"，然后也拼命地吃。

季暮阳将一碗面扫光的时候，安暮晴把自己的碗往他面前挪："分你一点。"

"你不吃？"

"我一个人吃不完。"

"你先吃，吃不完的时候再说。"

安暮晴继续坚持："分一半过去呀！"

季暮阳看了看周围，发现没人盯着他们看，才伸出筷子从她碗里夹了一半的面，然后说："是你说吃不完的啊，晚上要是饿了别说我欺负你。”

吃完面两个人撑得走不动路，只好坐在原地等消化。

“那不是我们班的许静吗?”季暮阳摸着圆滚滚的肚子看着前方的路段，“那个女生……叫……叫周什么?”

安暮晴顺着季暮阳的目光往前一看，昏黄的路灯下，尘土在光线中飞旋。周芹和许静迎面而战，两人似乎在辩论什么，争得面红耳赤。

“她叫周芹，是我邻居，我们从小到大都在一个班。”

季暮阳吸气、吐气：“她这段时间跟许静关系挺好，经常来我们班找她。”

安暮晴想起前段时间，周芹在她面前抨击许静的情形，以她当时的语气，她很难跟许静做朋友吧?

当时，周芹说她喜欢季暮阳，不过看样子，他是不知道。

想到这里，安暮晴问：“你喜欢什么类型的女生?林颖那种又高又瘦又漂亮的?如果没达到标准就不考虑?”

“以前是这样!”季暮阳没料到她会突然问自己喜欢的女生类型，心下开始雀跃不已，“怎么这么问?”

“好奇呗!”安暮晴托着腮，“是不是男生都喜欢美女?”

“欣赏美是人类的天性，不过如果感觉对了，长相不是问题。”季暮阳直视安暮晴的眼，“比如像你这种，相处久了，感觉不错，也会日久生情。”

“我只相信一见钟情。”安暮晴撇嘴，粗枝大叶的她没理解他话中的深意，她自顾自地发表个人观点，“如果第一眼没感觉，后面肯定也不会有改变。”想了想，她又追问：“你觉得像白墨那种男生，他也喜欢林颖那样的美女吗?”

季暮阳一怔。

许久，他的眼神慢慢变深，脸色暗得一如夜色，望着她迷茫和探究的眼神，他的心里明白了一些事情。

她和学校里所有的花痴女一样，喜欢上了白墨，只是她的表现不明显罢了。难怪她那么执着于进漫画协会，也难怪，她总是带给他疏离的感觉。

一切的一切，不过是因为——她有心上人!

半晌，季暮阳冷着脸起身:“时间不早了，我送你回家。”其实，此刻他的心很烦躁，胸口像是被热水烫到了，揪心的痛和难受。

“不用了，周芹在那，我待会跟她一起回去!”安暮晴没注意他的变化，也没多看他的脸色，所以完全不知道他现在的不悦,“还有，今天谢谢你招待，下次我一定请回去。”

话说完，她卸下季暮阳挂在她身上的单背包，然后拿出自己的课本，将包放在他腿上挥手道别后，直接向周芹所在的方向跑去。

季暮阳坐在那里，看着她小小的背影和夜色相融，眼睛瞬间不争气地红了。他哼了一声，背上包，走到车子前跨上去，踩了就走。

安暮晴跑到周芹身后时，原本还在与她争辩的许静立刻噤声。

“怎么，没话说了?”周芹的语气咄咄逼人，“你的把柄在我手里，我——”

许静对她狂使眼色，可她还是一个劲地自说自话，终于，许静按捺不住大喝一声："看后面！"

"少岔开话题，这招对我没用！"周芹甩手，"你最好……"

"说吧说吧，说出去吧！"许静的情绪似乎是崩溃了，"怕你不成，就当她的面，咱们把话摊开讲！"

周芹这才意识到不对劲，她猛地回头，就看到安暮晴站在她后面，似乎想靠近但是又不好打扰的意思。

许静径直地走向安暮晴："你桌子上的'去死'是我写的，给跳杆动手脚是我干的，你的腰带也是我趁你不注意割断的，不服气，觉得我卑鄙？你们两个又好到哪里去？"

安暮晴听得一愣一愣的，她木然地看着周芹，周芹迅速跑了过来，将安暮晴往旁边拉。

"这是怎么回事？"

"别问了！"

"她说跳杆的事情了。"安暮晴停了下来，"那些事情都是她做的？那要告诉学校，你不知道季暮阳爸妈为这事来学校两趟。"

"把她供出去，我们俩也跟着完了！"周芹甩手，"你知道她为什么要针对你吗？"

安暮晴摇头："为什么？"

"为什么？"许静三两步冲上来一把揪住安暮晴的衣领，怒瞪着她。

"你们两个打破了我的梦！"许静突然哭了，"我做错什么了，你们要这么对我？我只是……只是单纯地希望有个可以喜欢的人，然后好好地、认认真真地喜欢着。"

终于缓过气的安暮晴颤声问："我……我怎么……得罪你了？"

"你跟她串通一气写信给我，我以为你是才华横溢的男生，可结果……"许静边说边抹着眼泪，"你只是被批评一下，我却要被人嘲笑、挖苦是脑残，这个世界还有没有公平？成绩好就能逃避一切处罚了是吧？"

"如果是写信的事，我向你……道歉。"安暮晴真心实意地致歉，"我没想到后果，只觉得好玩，没想到给你和其他人带来那么大的伤害，但有怨言为什么不找我说？我会弥补。"

"弥补？你能弥补一个完美的梦吗？"许静高声质问，"你给我营造了一个美梦，又生生地打碎，我恨你们！"

随后，三人相继沉默。

直到最后，只听到许静压抑和苦闷的抽泣声。

那晚，安暮晴跟周芹在回去的路上两人都没什么话。走到家门口的时候，安暮晴逆着光问周芹："你是一开始就知道她是凶手吗？"

"没有！"周芹赶快辩解，"我也是在那天值日的时候看到她进来了，不过我没注意她是不是写字了，第二天早上来班上就看到你桌子上有字，也猜到可能是她，只是不敢确定。"

"为什么不告诉我？"

"我……我害怕——"周芹双手抓住安暮晴的胳膊，"如果查出来是她，学校就会深究原因。你是好学生，教导主任和班主任也就教育下便算了，如果这件事再闹出去，学校知道我是主谋，处分之类的肯定少不了，爸妈知道了怎么办？左右邻居知道了又怎么办?”

因为紧张和担忧，周芹急哭了。

她继续说：“晴子，我不是你！我没有让老师们原谅我的资本，所以许静对跳杆动手脚的事情，你能不能不要说出去?”

“可季暮阳爸妈来学校闹了两次，再找不到凶手，我爸妈就会被请到学校，‘交笔友’的事情，他们还是会知道!”

“你不一样，不一样!”周芹继续哀求，“你成绩好，叔叔阿姨不会为难你的，你顶多没有零花钱，然后被象征性地看管一段时间又有自由了。”

安暮晴闭上眼睛思索良久才叹气：“反正许静这件事，是我有错在先，季暮阳爸妈再闹的话，我一个人扛下来，算是我为自己做错的事情赎罪！我已经不欠她了。”

“晴子，你太好了，真是太好了!”

周芹激动地抱着安暮晴。

有她这句话，就等于吃了定心丸。

她对安暮晴的脾气最了解，她从不轻易承诺，一旦答应的事情，绝对不反悔。

这天，安暮晴回家推门的时候，爸妈端坐在客厅，用凝重又带着怒气的眼神看着她。

爸爸的脸色沉沉的，妈妈的脸色最可怕，像是要吃人似的，让安暮晴原本就很虚的心，一下子就凉了。

站在门口，她不知道是进去，还是就保持那样的动作。

先开口的是安妈：“晴子，这段时间在学校，你有好好学习吗?”

“有。”

安爸皱眉：“有没有做坏事？”

“我……”

安妈倏然站起来：“你能耐了啊，又是跟大姐头混，又是‘交笔友’，还跟人家女生争风吃醋故意陷害别人，结果害到高年级的男生！”

“孩子他妈，好好说话！”安爸将安妈摁回座位，然后上前将安暮晴拉回屋子，“我们到里面说，被别人听见不像话。”

安暮晴家住在小镇的街道上，每户人家单独成户，邻里之间时常串门唠嗑。东家一句话，西家都可能听见。

进了卧室，安妈坐在床上气得胸口起伏不已，安爸拿着几封信放在桌子上，每封信都被拆开了。

“这是匿名邮寄过来的信，我们看了，写的都是些肉麻的情话。”安爸说，“上学就上学，现在是谈恋爱的时候吗？”

“你拿什么谈恋爱？”安妈双手一拍床板猛地站起来，她抬手揪着安暮晴的耳朵，眼泪气得往下掉一副恨铁不成钢的样子，“你才多大？你有什么？你以为现在还是以前吗？以后你们的时代竞争有多激烈你知道吗？不好好学习，你以后就是废物、人渣、败类！”

安暮晴的自尊严重被戳，原本还听训的她立刻甩手针锋相对：“你们什么都没问就开始质问我，我难道连知情权都没有吗？我不知道那些信为什么会寄到家里来，既然是我的信，你们在没经过我同意的情况下就私自查看，这是侵犯我的隐私权！”

安妈被她的反抗激怒，她再次扯着安暮晴，伸手在她的脸上丢了一巴掌，“还隐私权，你现在的一切都是我们给的，看几封信还看犯法了?!”

啪的一声，安暮晴的头应声而侧，火辣辣的痛比不上心底的隐痛。

捂着脸，安暮晴委屈的眼泪扑簌簌地往下落：“我什么时候没好好学习了?其中考试拿了第一你们不是也挺满意?”

安妈上前似乎还有动手的意思，安爸见状立刻抱住激动的安妈安抚她冷静，可她还在气头上：“你现在唯一的优点就是成绩好，考上好大学是你必须要走的路!如果连这点优点都没有，到了社会，你就是个废人!”

“是，我是‘交笔友’了，这点我承认，跳杆那是意外，具体原因我也不想解释，你们要打要骂随便你们!”安暮晴破罐子破摔，“但我没谈恋爱，不要见风就是雨。”

“信都寄到家里来了，还是好几封，你还有脸说没谈?”

“没有就没有!”安暮晴也是一个倔脾气，“你们爱信不信!”

“以前都不上晚自习，现在突然上，说为了学习，鬼知道你打什么主意。”安妈拍板子，“以后上学，给我把头发扎起来，裙子也别穿了，以前穿什么就给我穿什么!再让我看到你注重打扮，我扒你的皮!”

“裙子是你买的，当初我剪头发后，你跟爸爸都说好看的!”安暮晴反击，“现在都是我的错，全是我的错，我认错，你们满意了吧!”

“你还有理了是吧?”安妈气得直跳，“人家父母的电话都打到家里来了，明天我跟你爸要去学校商量道歉和理赔的事情，想想我都觉得丢人!”

安爸最先冷静下来："晴子，别顶撞你妈了，你先去睡觉！"

安暮晴不再辩解，她反身回自己的卧室，关上门后反锁，她扑在床上哭得天昏地暗。

后悔、焦灼、委屈、压抑等所有的情绪排山倒海地压顶而来。千不该万不该，就是她当初的一时兴起和耳根子软，结果事情闹得一发不可收拾，有些事情明明不是她做的，也要一并承担，这就是做错事的惩罚！

3

清晨，安暮晴眼睛又红又肿地出房门，因为整晚没睡的缘故，眼睛下面黑了一圈。安爸和安妈坐在桌子上吃早餐，见到她，两人的表情相比昨晚平静了不少。

梳洗一番后，安暮晴没胃口吃早饭，爸妈也没劝她，最后三个人一起去学校。

一进学校他们直接进教导处，里面季暮阳父母正襟危坐，做好了"谈判不成武力解决"的架势。

只是，当他们见到安暮晴父母时，四个人对视后，相继愣住。久久，他们的表情变得很奇怪，季爸看着安妈的表情很复杂，而季妈则是一副胜利者高高在上的姿态乜斜着安妈，安爸死寂般地沉默。

教导处的气氛，一下就凝结住。每个人都有各自的想法，那种历经岁月沧桑后的重逢，纠葛不清的过往，是安暮晴不知道也无法理解的。

"我当是谁，原来是你！"季妈先发制人，"什么学历就教得出什么货色。"

鄙夷的话，听得安妈脸色一阵惨白，她咬着唇用愤恨和不甘的眼神看着季妈，然后斜眼瞥了一眼季爸后，背过身子隐隐颤抖。

压抑的情绪让她的背影看起来像是秋风中的落叶，落寞又萧瑟。

安爸迟疑了片刻，他伸手拦着安妈的肩膀，似有给她加油和打气的意思。许久，他站在一个男人的角度力挺自己的妻子："我们家晴子就是老婆一手带出来的，虽说不上多优秀，但以后拿到比你们孩子高的学历就是小儿科的事情。"

季妈条件反射般地反唇相讥："都这么多年了还想跟我比，丢不丢人？作为男人，你也就这德行了，不过她配你也没亏，有时候门当户对还是有道理的。"

季爸似乎听不下去了，他支开话题："看来这件事还是有点误会，我们还是私下解决吧。"

"为什么要私下解决，这里不是很好？"季妈气势凌人不肯善罢甘休的架势，"她的宝贝女儿玩心计害我们暮阳是铁一般的事实。"说到"暮阳"两个字，她的脸瞬间暗了，像是想起什么似的念叨："季暮阳，安暮晴，暮……"旋即，她一声冷笑。

教导处外面，阳瑾和方初莹躲在一边偷听，周芹也靠在门口，整颗心都悬起来了。虽然她相信安暮晴说到做到，但心底还是有点不放心，万一他们逼得紧，她不小心招出来就不得了了。

就在这时，季暮阳匆匆跑了过来，阳瑾见到他小声指着里面："快点进去解围。"

季暮阳看了她一眼，立刻冲了进去。

“爸、妈，我都说了这件事不是她做的，你们怎么还抓着不放？那件事真的是个意外，不要再纠结这件事了，传出去同学们还以为我多不好惹，爸妈多彪悍呢！”

所有人的目光都聚集在他身上。

因为太紧张安暮晴的处境，他也没注意到长辈们的微妙情绪，他继续说：“而且怀疑的事情又没有确切的证据，就凭直觉有失偏颇。”

“臭小子，你是谁生的？”季妈气急败坏地吼着，“这里没你的事，快点出去！”

“怎么没我的事？我是当事人，我有陈述事实的义务。”季暮阳摆出很正义的样子，“我不想冤枉任何一个无辜的同学。”

安暮晴感激地看着季暮阳，心里暖暖的。这个时候他准时出现，缓和了整个局面。

季爸趁热打铁：“暮阳都这么说了，这件事就这么算了吧。”

季妈剜了季爸一眼，她回头瞪着安妈，经过一番审时度势后，终于答应平息这件事。

里面，季暮阳偷偷地朝着安暮晴挑眉，一副“没事了”的兴奋样，班主任和教导主任也松了口气，当事人父母执意闹事他们也很为难，现在就这么冷处理，也是皆大欢喜的事情。

外面，阳瑾和方初莹击掌庆贺，周芹悬着的心也落定。

中午放学，阳瑾和方初莹一左一右陪着她回家，并恭喜她终于摆脱一桩事。安暮晴面上微笑，心里却焦躁不已，因为妈妈的情绪很不稳定，回家后不知道会有什么插曲。

可能是安暮晴伪装得太好，两人都没有察觉她的不安和担忧。随后，方初莹邀请道："晴子，我明晚请客，你有时间的话一定要参加。"

"不了，我——"安暮晴张口想拒绝，在她们看来她是度过危难期，但对于她来说，自己处于什么状况，心里还是非常清楚的。

这件事之后，她很难有自由时间了。

阳瑾拍着她的肩膀一锤定音："明天是她男友生日，她可是节衣缩食来请客，你一定要来，不然便宜了那小子和他的狐朋狗友。"

没有拒绝的余地，她只能应允："好。"

走到半路，许静从后面追了过来，见到阳瑾她有些后怕，但最终还是鼓起勇气上前："安暮晴，能不能单独说个话？"

见是她，安暮晴果断对她们说："你们先回家吧，我跟学姐有点事情要商量。"

阳瑾和方初莹无言对视，不过也没多问，两人就此离开。

见她们走远，许静说："昨晚我冲动了，对不起。"

"你的事情我没捅出去，我已经不欠你了。我已经为自己的错误赎罪，也希望这件事到此为止。"

"一开始我只是想惩罚你，我咽不下那口气。"许静的眼睛红红的，"那天跟她们找你讨说法的时候，我也没控制好自己的情绪，就那么哭了……说老实话，这件事对我打击很大。"

安暮晴低着头，想起了第一次被她们围攻的时候，她诚心道歉，但其中一个女生哭了。当时人多，她也没细看，加上自己脸盲，就算看了也未必能记住。

原来，那个女生就是许静。

“每个女生都有自己的梦，尤其是对白马王子的梦。最初是季暮阳，后来是你营造的虚拟人物。”许静继续说，“知道你是女生后，我一度感觉自己的世界都崩溃了，你能理解那种感受吗？心心念念喜欢着的人，结果不是你想的那样……”

安暮晴无法回答，只能无声地静默。

“不过很感谢你今天所做的一切，道歉的话谁都会说，但不是所有人都有勇气用实际行动来承担，你做到了，我也相信你当初的口头道歉是真心实意的。其实暗地使坏我自己也胆战心惊。每次见到你跟阳瑾在一起，我就以为你们查到了蛛丝马迹来找我对质。”

现在她暴露于阳光之下，反而觉得舒坦多了。不需要胆战心惊，也不用时刻保持紧张的心情。只有问心无愧，才会活得坦荡荡。

“你要说的就是这些？”

“是。”

“我想问你一件事。”安暮晴顿了顿，“你有写信寄到我家吗？”

“以男生的身份是吗？”

安暮晴明了：“那说明那些信是你写的，故意想整我的，是吧？”

许静嘴唇翕张，原本还想解释，最终还是选择了默认。

知道了信的来源，安暮晴的心里有了底。既然许静是来化解恩怨的，那么这种事情以后不会再发生了。

寒暄了片刻，安暮晴匆匆地离去。

她前脚刚走，周芹也不知道从哪冲过来，伸手推了一把许静："你刚跟她说什么了？"

许静勾起唇角嗤笑："怎么，害怕我捅你娄子？"

周芹的脸色青一阵白一阵："你说了？"

"我没说那些寄往她家里的信，是你教我的，更没说你一早就知道是我在针对她。"许静冷声说，"而且也没拆穿你这个好邻居好姐妹的真实面目。"

最可怕的不是看不见的敌人，而是站在身边让人忽略的"朋友"，你永远对她毫无防备，但是她很有可能给你致命的一击，你却浑然不知。

周芹瞪着她说："算你识相！"

许静用警告的语气说："你再这样背地使坏，要么把自己玩完，要么耍尽手段，也得不到自己想要的，反而惹得一身怨气，让人看了就不自觉地讨厌！"

周芹几乎是跳了起来："你管好自己就得了，我的事轮不到你来评论！"

许静哼了一声，做了一个跟她划清界限的手势后，走得潇洒无比。

回家的时候，爸妈不在家，安暮晴从冰箱里取出剩菜剩饭热了下就开吃。

刚吃完，爸爸就回来了，瞥了她一眼，他脱下外套坐在她身侧。

"妈妈呢？"

安爸抬手摸了摸她的头："你妈刚去了公司。"

"季暮阳爸妈真的不打算追究了？"

“我们私下处理了，以后你也要听话，不要让我们操心。”

安暮晴忐忑地问：“妈妈是不是还在生我的气不想理我？”

“母女之间没有隔夜仇！”安爸叹了一口气，“晴子，别怪你妈妈昨晚说的那些话，她也是为你好。”

“爸爸，你们是不是认识季暮阳爸妈？”

“本来这些事情，爸爸不应该对你说，这是大人的事情，但说出来，或许对你有警戒的作用。”安爸说着那段过往，“你妈妈年轻的时候很漂亮，我和季暮阳爸爸一起追过她。不过季家家世好各方面都不错，我自然输给他，最后他们交往了。不过后来，季家父母很反对，一来你妈家里条件差，二来她的学历不高，相比他们看中的本科儿媳妇，你妈妈就没有任何的竞争力！那时候的本科生可不像你们这个时代多如牛毛，它是实力和能力的象征。”

“所以妈妈和季暮阳爸爸分手了？”

安爸点头：“是你妈妈自卑主动退出的，男方争取过，你妈当时也动摇了，不过后来季暮阳妈妈出现讽刺了你妈，心底的自卑抵不过对未来的恐惧，最终那段感情不了了之，也因为这样，爸爸才有机会。”

安暮晴没绕过来，她问：“自卑为什么要对未来恐惧？”

“没学历，没家世。就算季暮阳爸爸当时一腔热血跟她在一起，以后呢？外面的诱惑那么大，自然会有更优秀的人取代她，这就是恐惧的原因。”安爸摸着她的头，“当你深爱一个人，就会患得患失，想得到又害怕失去，害怕以后的改变，更害怕被辜负。”

“爸爸你在说这些事的时候，不嫉妒吗？”

“以前会，但现在不会。”安爸说，“因为她的人生属于我，我要做的就是保护你们。”

安暮晴赞叹：“还是爸爸最好，妈妈没有选错人！”

“你妈妈对你那么严厉也是有原因的，以后等你有真正喜欢的人，如果对方很优秀，而你又没有能与之匹敌的能力，感情是很难维持下去的。因为世界是发展的，人也是会变的，不努力，随时都会被人取代。”

不努力随时都会被人取代。

安暮晴先是想起白墨，可不知怎么的，画面一转，立刻变成了季暮阳的笑脸。她赶紧摇头，将不和谐的画面剔除。

“这是你妈妈送你的，她也为昨晚对你说的话感到自责，但是主动跟你道歉又觉得不好意思。”安爸把一串钥匙扣送到她面前，“她亲手做的。”

安暮晴欢喜地接过钥匙扣，上面挂着很多动漫人物，其中还有一个长形的边框标签，里面是妈妈一笔一画写着的字。

定睛一看，上面写着：岁月忽已暮，茶花香如故。

安暮晴，季暮阳。

原来，他们把不能在一起的遗憾，和对彼此的羁绊都融入了她和季暮阳的名字里。

爱情，真的是荡气回肠又令人愁肠百结的事。

4

第二天晚上刚下课，阳瑾和方初莹就早早地在外面等候。

安暮晴提着书包跟在她们后面，最后来到了学校附近的一家排档坐下。方初莹欢天喜地地点了一些菜，紧接着坐等高飞

意思。

阳瑾挥手：“张亦驰你让开！”

张亦驰皱眉：“你又在发什么疯？”

“没见我们正忙着吗？”安暮晴举起手里的碗，“你就让开一下，等我们砸死他再说。”

季暮阳嘴角一抽，站在他身侧的林颖鄙夷地看着阳瑾和安暮晴，她伸手拉季暮阳的衣服：“走啦。”

季暮阳没移半步，他偏头对林颖说：“你生日的事情我会放在心上，现在我有事要处理，你先回去吧。”

话落，他也不顾林颖变黑的脸，径直走向了安暮晴。

他伸手夺过她的碗，还用碗底轻轻地敲着她的头，然后责备阳瑾：“你又开始带坏好学生了。”

阳瑾挑眉抬脚就要踢季暮阳，但他轻松地避开：“不知道事情真相少乱喷人！”

“这家伙欠扁！”安暮晴力挺阳瑾，“大男人心安理得地让女友请客，还嫌弃对方钱准备少了，真恶心！”

季暮阳一听，他将碗递到阳瑾面前：“这些碗够不够你砸？不够我再买几个，或者你砸不到，我可以代劳！”

而对面的张亦驰听了，他回头丢给高飞一个很鄙视的眼神，最后反手捉住他的手，将他推到前面：“你们的事情你们解决。”

季暮阳和张亦驰虽然平时看起来也没个正经，但原则性的坚持还是有的。他们信奉男人一不欺负女生，二不花女生的钱。

很显然，高飞的行为触犯了他们的底线。

几个人都站在了一起，高飞的结果可想而知。

那天，在张亦驰和季暮阳的支持下，阳瑾狠狠地将高飞收拾了一顿，最后在方初莹哭着哀求下才饶了他。

事后，方初莹要送高飞去校医处查看伤情，但被他拒绝。最终，几个人一起回家。

一路上，阳瑾都在给方初莹说教，类似“这种男人赶紧甩了，别耽误青春”“求你们分手”之类的话，张亦驰难得不跟她唱反调，还有意无意地支持她的观点。

抨击高飞抨得正酣时，张亦驰猛地想起了正事，于是提醒季暮阳：“林颖难得主动找你，你怎么让她一个人走了？”

“她找我是有目的的。”季暮阳双手背在脑后，“过几天她要生日了，恰好看中一条别致的手链，暗示我送她。”

张亦驰耸肩：“舍不得送？再贵的东西都送了，你还在乎一条手链？”

季暮阳挑眉。

不是舍不得送，而是心变了。

安暮晴眨眼问：“林颖是你女朋友吗？”

季暮阳愉悦了起来，她终于关心他的私事了。为了试探他在她心里的分量，他故意说：“我以前追过她，不过她一直没接受。”

安暮晴疑惑：“没接受为什么要暗示你送东西给她？”

季暮阳仔细看她的表情，发现她没有任何吃醋的意味，眼里也没其他任何在意的情绪，让他有些小小的落寞。

阳瑾插嘴：“这还不简单，不拒绝不接受是这些矫情女生惯用的伎俩。接受了，其他追求者就会退出，她众星捧月的优势也没了。不拒绝可以吃着碗里的，看着锅里的，张三的礼物可以收，李四的东西也能拿。也就他们这些男生愿意献殷勤。”

安暮晴继续问：“你为什么喜欢林颖？”

季暮阳回答：“反正很多男生都喜欢她，所以我也就多加关注了。这么多人都喜欢她，要是我追上了这么多人都惦记的女神，那我不就特别有面子？”

安暮晴反问：“那有面子之后呢？”

“没想过。”

安暮晴认真地建议：“要么喜欢，要么拒绝，做什么事情都应该干脆！拖拖拉拉吊着别人的女生还是别喜欢了。”

季暮阳看着她很期待地问：“那你认为我喜欢谁合适？又或者谁才是值得喜欢的女生，求介绍！”

安暮晴伸手拍了拍季暮阳的后背：“遇到漂亮又优秀的女生，我一定第一时间介绍给你！”

季暮阳噘嘴，因为期待再次成空。

第七章　友达以上，恋人未满

那个有着一脸笑容，性格大大咧咧的少年，极力地表现自己，却又用谎言来掩盖自己的慌张。

本就是一戳就破的暧昧，因为她的迟钝，生生辜负了美好的青春。让曾以为是安稳沉醉的时光，变成了镜花水月的空怅。

1

虽然安妈送了安暮晴钥匙扣算是道歉，但不代表她不管制她。

随后的一年，安妈加大了和班主任的联系，她在学校里的一举一动妈妈都了如指掌。阳瑾得知自己和安暮晴的来往是安妈的禁区后，与方初莹一起在笔记本上写东西，然后让周芹作为信使传递信息，以减少频繁的接触和见面。

而安暮晴只上了一次的晚自习，后面也被安妈勒令禁止，每晚准时回家。学校里，一有课余时间，安暮晴就在漫画协会学画画。白墨很少开展集体活动，偶尔出现教他们画漫画的基本技巧，也不怎么与社员交流，不过凭借着对漫画的浓厚兴趣，安暮晴也摸索出了一些门道。

一年下来，基础性的场景和人物，她也画得像模像样。

至于季暮阳，他经常在白天找她，但她也不敢过多搭理，只好在晚上的时候跟他在网上聊天，两人经常相约在论坛灌水，合作得默契十足。

很快的，安暮晴升入二年级。

二年级学校明确要求每位学生都要上晚自习，安暮晴也不例外。

因为做了一年的乖乖女，安暮晴的成绩也非常稳定，安妈渐渐放松了警惕，对她的看管又松懈了。

窗明几净的教室里，安暮晴坐在座位上等班主任来上课，结果班主任来的时候，背着单肩包的季暮阳跟在他后面。

经过介绍，她才知道，他留级了，而且留在他们班。

找座位的时候，季暮阳路过她旁边，手指敲了一下她的桌子，嘴角扯出得意的微笑。安暮晴不知道他怎么能笑得出来，留级又不是什么好事。

下课后，安暮晴走到他面前问："你怎么留级了？"

"我妈觉得我目前的成绩太烂考不上好大学，让我多学一年增加战斗力。"

安暮晴摊手："你妈要是知道我们在一个班，她肯定会气死。"

"哈哈，是我要求的，我说留级可以，必须在这个班。"

"为什么呀？"

季暮阳盯着她极为认真地强调："因为你在这里。"

"想沾沾我的光？"安暮晴点头，"行，有什么不懂的随时问我，我会毫无保留地教你。"

季暮阳沮丧地扭过头，她为什么就听不明白他话中的意思呢？

是她故意装作没听懂，还是他表达得不够清楚明确？

有时候他真想说“其实我喜欢你”，可话到嘴边又说不出口，因为一旦结果是否定的，现有的关系也无法维持下去。那只会让他更难熬和伤心。

收拾好了心情，季暮阳问：“你什么时候有空，陪我逛逛？”

安暮晴纠结：“我妈现在虽然管得没以前紧，可我还是很怕。”

“我觉得学习的事情，考到自己满意的成绩就好，一心扑在学习上，会变成死脑筋。”

“什么意思？”

“昨天看了一则新闻，某高校才子从小被爸妈惯着，洗脚水都是妈妈弄的。上大学住宿舍自力更生后，自己洗脚居然被热水烫伤了脚，原因是，他不知道热水是需要和冷水中和才能用。瞧瞧，光是学习好有个屁用，生活中的白痴，社会上的小白！”

安暮晴皱眉，然后她对季暮阳投去了复杂的目光。

“乖，别用这种眼神望着哥，没影射你千万别多想！”季暮阳抚摸她的头发安慰，“你跟他们不一样，你机灵着呢。”

“真的不一样吗？”

“区别大着呢！”只是某些方面，嗯，有那么一点点的一致，例如迟钝。

安暮晴求教：“那你举这个例子有什么用意？”

季暮阳说得一本正经：“这不是劝告你别学成书呆子吗？”

安暮晴哦了一声回到自己的座位上，身后，季暮阳趴在桌得浑身不舒服。

季暮阳单手变成了双手托腮，他笑眯眯地看着她："想多看看你。"

"你不是应该看林颖吗？"

"看你也一样。"

视线的交流间，安暮晴忽然不好意思了，她低下头搅拌着奶茶，手软软的使不上力气，就像当初看到白墨时一样的反应。

这是怎么了？

就在她心跳加速时，悦耳动听的音乐响起，在她座位不远处，几个男青年上台，有的拿着吉他，有的坐在钢琴旁，有的坐在鼓边。打扮最时髦的青年坐在最中间，在他面前是固定好的话筒，他对着话筒唱着英文歌曲，其他人伴奏。

这是她第一次看现场演奏。原来纯粹的音乐之声是这样的，没有录音棚里出来的效果，也依旧可以演绎出最纯粹的灵魂，让丝丝入扣的声音像是有了活力的精灵，飞进在场每一位观众的耳朵里，让他们体验前所未有的音乐盛典。

一场音乐完毕，季暮阳也没让安暮晴久留，再待下去被发现，就算是安暮晴也不好跟老师解释了。

就在他们准备出门的时候，高飞搂着一个长发女生的腰进入书吧。

这一幕，恰好被安暮晴撞了个正着。

因为有美女在身侧，高飞没注意到安暮晴，他搂着女生继续往里面走，但被气急的安暮晴一把拉到一边。

高飞原本还想发火，但看到是安暮晴立刻变了态度。

"你跟初莹还在交往吧？"安暮晴指着他身侧打扮妖娆的女

生质问，“这是怎么回事？”

“飞，她是谁呀？”女生不悦地问。

高飞赶紧说：“一个神经病。”

“你对得起初莹吗？她对你那么好，可你怎么对她的？她一定是瞎了眼才喜欢你这种学习不好，人品又差的败类。”

“是哟，你是好学生！”高飞被激怒愤而还击，“好学生会跟男的一起逃课？好学生应该坐在教室，而不是在这里！假正经！”

安暮晴想扇他的脸：“你再说一遍？”

“我说，你是假好学生，假正经！”高飞重复，随即看着季暮阳，“你们不是在谈恋爱吗？你们不也在私下做着坏学生才做的事情？”

“谁谈恋爱了？”安暮晴怒气冲冲地质问，可还没走近高飞就被季暮阳拦住了。

“算了，别跟这种人一般见识，回去告诉你朋友，跟这种人渣分手就好。”

“他说我们在谈恋爱，侮辱我们的友谊。”

“友谊？”季暮阳没表示，高飞就笑开了，“男女之间根本就没有纯友谊，所有的形式，不过是用另一种方式在交往。”

“就你这种龌龊的人才会有变态恶心的想法，去死！”安暮晴说着抬脚要踢他，可季暮阳双手架着她的胳膊，将她拉走。

安暮晴拼死挣扎，但是也抵不过季暮阳的力气，没过多久她就乏了，最后乖乖地坐在季暮阳的自行车后座上。一路上她都骂骂咧咧的，一面替方初莹愤愤不平一面诅咒高飞祖宗。

“你刚才不帮我，还拉我走。”

“干吗？”

“不能问问？”

“先买了再说。”季暮阳朝她眨眼，“你当参谋。”

“现在？”

“现在！”

就这样一拍即合后，季暮阳带着她去附近的商业小街逛，这次他没有骑车，而是选择了步行的方式，一路上两人边吃糖边聊天。

路过街边摊位时，安暮晴挪不动脚步，最后季暮阳见她一副吃货的表情，心领神会地停下买了一些小吃吃到肚子撑。

随后两人在街道转悠，小镇不大，街道只有三条，除了街道灯火通明，其他地方都阴暗无比，不过有季暮阳陪在身边，再黑的路，她也走得无所顾忌。

走到一家稍大的手机店，季暮阳带她进去。

“你不是有手机吗，为什么还来看？”

“想买一个送给心上人。”

“你真是大手笔。”

“我只是想在思念她的时候，能第一时间联系到她，然后把想她的心意传达出去。”

“听起来蛮肉麻的，但很感动。”安暮晴说，“你心上人知道了，一定会哭的。”

“那我也没见你哭。”

“我又不是你的心上人。”安暮晴趴在玻璃上看着五颜六色款式不一的手机，“哎，说老实话，你是送给林颖还是周芹？”

“都不是。”季暮阳感觉自己的声音在发抖。

他想说“我是想送给你”。

安暮晴侧头看着他：“难道你有其他的心上人？”

“我说如果，我是打个比喻，如果我送手机给你，你要吗？”

安暮晴想也没想：“不要。”

一阵阵的失落将季暮阳淹没，她要不要这么直接和果断？

“为什么？”

“这么贵重的东西接下了会有心理负担的，又不是小东西。”安暮晴认真地说，“除非是男女朋友才可以考虑，不过我觉得贵重的东西就算是恋人之间的礼物，也要等到对方能赚钱的时候最好。”

季暮阳很挫败。

他都记不清自己是第几次在她这里碰钉子了。

什么时候，他才能勇敢地说出自己的心意，又或者她什么时候才能发觉，他们之间的关系早就在微妙中变了所谓“朋友”的位置？

最后，季暮阳手机也不想买了，跟她一起回学校。回去的时候，她走得很慢，时不时还停下来休息几秒，偶尔会捶下腿，看样子是累到了。

“累了？”

“不累。”安暮晴逞强。

季暮阳没说话，两人继续往前走。

许久，他忍不住说：“早就看出来你累到不行了，真不懂占便宜。”

“怎么占便宜？”

“你说累，我就会背你啊。”

安暮晴双眼一亮显得很兴奋："那你怎么不提醒我？"

"哪有人会那么笨，居然提醒你占自己便宜！"季暮阳说得满脸羞红。

不过话说出去的时候，他想找地洞钻，因为笨蛋就是他，不但提醒了，还对她"不懂占便宜"感到不开心。

安暮晴跳起来双手勒住季暮阳的脖子，他顺势弯下腰将她背了起来。

第一次被男生背，安暮晴没感觉到任何的别扭，反而有种温馨又安心的感觉，她也没觉得两人的关系多么出格和越界。

背着小小的她，季暮阳感受不到太多的重量，但是女生柔软的身体贴着他的背，他甚至能感觉到青春期少女正在发育的身体，让他的心神微微荡漾。

"你……"季暮阳鼓起勇气含蓄地问，"你不觉得我们的关系似是而非吗？"

"什么意思呀？"

"就像恋人一样。"

"哪有？"安暮晴勒紧他的脖子，"我们是好朋友。"

"要是我们这样被其他人看见，鬼才信。"

"他们不信算了，我们心里有数就行。"安暮晴仍然没有发现背着她的少年的脸，正露出失望的神色来，他的心也在一点一点地变凉，"因为你有喜欢的人，我也有呀。"

"白墨是吧。"季暮阳不想再试探了，因为毫无意义，"快点向他表白，下学年他就要毕业了，再不说，你就没机会了。"

"那万一被拒绝了怎么办？喜欢他的女生那么多，他那么优秀……"安暮晴流露出自卑的神态，"我怕配不上他。"

季暮阳仿佛听到了心碎的声音，那么清脆而彻底。

他在长期相处中喜欢上她，可她却从来没变过。

在她心里，他到底算什么？

可以说心里话的备胎，还是在寂寞的时候可以随时召唤，用官方词语定位的“蓝颜知己”？

4

期末考试来临，安暮晴进入了紧张的复习阶段。下课时间也不画画了，与阳瑾和方初莹的“密码本”交流也终止。

考试结束后的一个星期，安暮晴去学校拿成绩单，她再次毫无悬念地拿到了年级第一，而季暮阳是班级倒数第一。

拿着各自的成绩准备回去时，安暮晴按捺不住追上季暮阳。

“你怎么考倒数第一？”

“成绩不好拿倒数不是很正常吗？”

“那你以前起码也是中等，这倒数不科学。”安暮晴坚持己见，“你是不是遇到什么不开心的事情，所以影响正常发挥？”

“成绩有那么重要吗？”季暮阳的声音很低，“而且我爸妈在给我安排留学的事情，据说国外不看文化成绩。”

安暮晴不敢相信自己的耳朵，心像是被什么东西锤了一下，生痛。

“你要留学？”

“还没定。”季暮阳显得不确定，“他们以前就想把我送出去，只是我不想走。”

“不过有出国深造的机会也难得。”心里难过，但表面还是支持的样子，“我想去还没机会呢。”

安暮晴很会隐藏自己的真实情绪，前提是她不想表露就一定能做到。

季暮阳反问："如果是白墨要出国，你还会支持吗？"

安暮晴没回答，因为无法回答这个问题。

寒假期间，安暮晴除了画画就是上网，偶尔Q季暮阳，他回复没以前那么迅速和热情，让她备受失落，这种强烈的反差，让她在好几个夜里无法入眠。

她连自己都解释不清这是怎么回事，而一想到他可能要出国，心里更是难受得快要窒息。

很多次她都从失去季暮阳的梦里惊醒，醒来的时候，她会第一时间给季暮阳发QQ或者手机短信，确认他回复之后才能安心。

他还在国内，真好。

他没走，真好。

有他在身边，真好。

除夕夜，小镇鞭炮声此起彼伏，在家吃完年夜饭，各家各户的大人和孩子都出门，有提前拜年的，有聊天的，还有闲逛的。

安暮晴家吃完年夜饭后，爸妈出去串门走访，独自在家的她兴奋地溜了出去跟阳瑾和方初莹会合。

方初莹因为分手的缘故情绪一直很低落，但今天是除夕，她的精神好了很多，而且从她的状态来看，应该差不多快走出失恋的阴影了。

阳瑾背着一个大吉他，在街上很显眼，不过她不在乎别人的眼光，自己喜欢就好。

“初莹、晴子，敢不敢陪我做一件轰轰烈烈的大事？”阳瑾捏着拳头仰头看着漆黑的夜空。

小镇的主干道上，成群结队的人迎面走过，留下欢声笑语。

两边的路灯光线明亮，让这个夜显得格外温暖。细细的雪花纷飞，不算大的冬风吹在脸上依旧有凛冽的寒意。

安暮晴拉紧身上的羽绒服，把脸缩进衣领里只露一双眼睛，旁边的方初莹也穿得很笨拙，走路都一摇一晃，听到“大事”两人都有不好的预感。

很快，不好的预感从她嘴里继续往外冒：“你们陪我去张亦驰家的小区怎么样？我弹吉他，你们一个唱歌一个跳舞，然后帮助我来一场浪漫的表白，相信他看了一定会感动到痛哭，然后投入我的怀抱，栽倒在我特有的魅力和攻势之下。”

安暮晴和方初莹很想躲起来，因为光是想想就觉得很丢人。

安暮晴弱弱地请求：“能不去吗？”

方初莹也跟着说道：“这么做太大张旗鼓了，被家长们看见不好。”

“有什么不好的，我们去唱歌，又不是喊口号，他们顶多以为我们是爱音乐的文艺小队。”阳瑾对她们的反对置若罔闻，“当我是好姐妹的话就陪我，否则咱们友尽。”

友尽这可是大事。

在阳瑾的坚持下，安暮晴和方初莹不得不屈服。

跟着她来到张亦驰所在的小区，安暮晴惊叹这里的档次。

小镇街道大部分都是一家一户的模式，但张亦驰所在的是小区，住的是十几层楼的商品房，小区内有绿化有娱乐设施，规模接近省会城市的奢华。

据说，住在这里的都是小镇里的有钱人。

阳瑾站在雪中调试了一下吉他，随便拨了两下，声音难听得让她们差点哭了出来。不过她完全没有发觉自己多么没有音乐细胞，还自以为水准很高。

找了一块大石头，阳瑾擦也不擦一下就坐下来，雪花飘飞在她头顶，短发上面落满了细碎的雪花，借着灯光看，有种白发苍茫的意境。

拉着吉他，阳瑾唱着自己改编的《小薇》歌词："有一个，帅气的小伙子，他的名字叫作……"

"张亦驰"三个字还没唱出来，安暮晴和方初莹惊慌失措地提高音量唱着："他的名字叫作小强！"

"小强"两个字喊得洪亮有力，硬是盖住了阳瑾唱出来的"亦驰"。

"他有张黝黑的帅脸，他悄悄偷走我的心。亦驰呀，你可知道我有多爱你，我要把你带到天上去，看那星星多美丽，摘下一颗亲手送给你。"

阳瑾后面唱着的时候，每次有提及张亦驰名字的时候，安暮晴和方初莹就使出吃奶的力气吼着"小强"，不让小区里的人听到某人是来表白的。

一首唱完后，主角张亦驰没露面，阳瑾不死心，她换了个舒服的姿势坐下后，不管晚风多冷多刺骨，继续在那扯着嗓子唱。可怜安暮晴和方初莹一边附和一边惊慌地想着她别在激动的时候当众喊张亦驰名字说"我爱你"之类的话。

小镇民风淳朴，邻里之间交往密切，不管是男人还是女人都有一颗八卦的心和漏斗嘴，什么事情被他们知道，那么整个镇上几乎人人心里都有一本账。至于账正确与否，不是他们关心的。

三个人在小区下面折腾了大半个小时，主角没见到，倒是出小区和回小区的人见了，以为她们是除夕夜的“卖唱”组合，几个有钱的大妈和大叔还很阔绰地丢了不少钱在阳瑾脚下。

阳瑾将地上的硬币和纸币捡起来，然后很淡定地塞进了口袋里，看得安暮晴和方初莹很想上去扁她一顿，然后质问她节操去哪了。

“张亦驰怎么还不出来？”阳瑾冻得直哆嗦，“是我唱得不好听，还是我们不够张扬？”

“都被误会成卖唱的，还不张扬，那怎么才是张扬？”安暮晴的声音抖到不行，外面太冷了，她们站在小区的通风口就更冷，“我们还是回去斗地主吧。”

“不行，我就不信了！”阳瑾铁了心要把张亦驰给唱出来，“再给我半个小时。”

安暮晴和方初莹一前一后跑上前一副求神拜佛的样子：“求你别折腾了，回去吧回去吧！”

阳瑾偏头就是不肯走。

就在三个人僵持时，季暮阳从楼上走下来，他穿了一件单薄的毛衣，利落的短发长长了不少，可能是寒假窝在家里不见光，皮肤也白了，看上去清秀儒雅，斯文翩翩的美少年模样。

“你们三个……”季暮阳最先瞪着安暮晴，“我真不想承认认识你们。”

阳瑾激动地站起来，因为久坐的缘故，腿都麻了，刚起来又蹲了下去。

“张亦驰不在家，每到春节他们一家都回老家过节。”

季暮阳的话无疑像是一声晴天霹雳在阳瑾头顶轰下。

天啊，她们折腾这么久，结果主角根本不在小区，真是“噩耗”！

捶了一下麻木的腿，阳瑾老半天才站起来，方初莹扶着她就走，安暮晴跟在她们后面走了几步，然后回头，季暮阳还站在那里看着她。

两人的目光透过灯光，穿过斜斜飞下的雪花，像是翻越万水千山的重逢，就那么交汇在一起。

彼此之间没有任何的言语，可不知为什么，安暮晴心底忽然酸涩无比，心口有痛楚的感觉往上蔓延，她不清楚为什么此刻会有这样的负面情绪。

阳瑾和方初莹走出小区的时候，季暮阳转身往楼上走，安暮晴连个招呼也没打，双脚却不受控制地往他走的方向追去。

风迎面吹着，长发翻飞打在眼睛上，让她的视线那么不真切。

跑到季暮阳身后，她的身体一倾，伸手捉住他的手。

他的手指冰凉，消瘦却有力。

季暮阳惊诧地回头，就看到了安暮晴那张被风吹红的脸。

“真……真的要出国吗？”

季暮阳的眼底升起了火焰，心底的雪在融化，欣悦的笑容慢慢浮现在脸上：“你想留我？”

“什么时候走？”

笑容再次凝固，然后隐退。

他在心底苦笑，这个时候，他还在期盼什么？

“暑假。”

心像是被挖空了一块，安暮晴的声音沙哑极了：“这么快？”

“你想说什么？”

安暮晴缓缓地松开手。

想说什么？

她自己都不知道为什么要追上来，又为什么这么紧张。

“舍不得。”安暮晴如实说，“我们是好朋友啊，你走了，我就看不到你了。”

季暮阳心底燃起的希望，在这一刻灰飞烟灭。“以后你会有其他的‘好朋友’，你的交际圈不会在我这里止步。”末了，他双手插进口袋，一头扎进电梯内，与安暮晴相隔不见。

看着电梯的指示灯那跳跃的数字，安暮晴鼻子酸涩肿胀，眼泪瞬间模糊了眼眶。

离别之际，这种想抓住不想放手的感觉，到底是怎么回事？

有气无力地走出小区，阳瑾和方初莹在外面转悠，看样子应该是在找突然不见了的她。瞅见安暮晴，阳瑾和方初莹立刻迎上来。

“晴子，你怎么看起来不高兴？”阳瑾发现了她表情不对。

方初莹盯着她看：“眼睛也红了。”

“风吹的。”

安暮晴露出笑容，这一笑很好地伪装了她所有的负面情绪。

阳瑾和方初莹也没过多地在意她这些细微的掩饰，两人将她夹在中间，三人一路说笑回家。

第八章　梦碎童话，谁在遗忘中轮回

你不曾看到那夜的星光下，我站在香樟树下闻着青草的香气，看着你瘦弱的背影沐浴在漫天的星光月色下渐行渐远。隔空的时光里，错过后又别离，我们的距离看似那么近却又那么远。恍然间，我忽然明白，在这逝去的时光里那场盛大的暗恋，我爱着的只是一场童话。

1

新学期开始，漫画协会进行新一轮的纳新，作为社员的安暮晴在协会里听了一节课。

白墨借用了一间不常用的教室给他们讲解漫画场景和网点的使用技巧，下面有学生在认真听，但多数女生只是冲着他的脸去的，他讲什么她们压根不听。

讲完后，大家陆续离开教室，几个花痴女上讲台围着白墨询问漫画技巧，而他很耐心很温柔地解释着。

安暮晴抱着漫画稿子低着头往前走，刚走出门口，白墨从围着的人群中抬头："安暮晴，你坐一下稍等片刻。"

如果是以前，她一定是受宠若惊的，可今天不知道怎么了，就是开心不起来。

安暮晴反身找了个座位坐下，那些花痴女问到实在找不到问题了才依依不舍地走出教室。忙完后，白墨用纸巾擦了一下手，然后走到安暮晴面前，坐在她对面。

“上次我在连载的杂志看到你的四格漫画了，署名是安暮晴，是你吗?”

安暮晴点头，然后又低头。

她依旧不敢与他对视，每次和他说话，她就莫名地紧张和不自在。

“画得不错很有前途，你是什么时候开始学漫画的?”

“进入协会的时候。”

“不错。”白墨惊叹，“简直是天才。”

安暮晴这才抬头直视他的脸。其实细看之下，白墨的脸还是有瑕疵的，远看是完美少年，近看却没有之前的惊艳，不过相比学校其他男生，他还是有绝对的优势。

“我最近要赶一批稿子，如果你有信心的话，来给我当助理怎么样?”

“啊?”安暮晴惊愕，“我?”

“不会占用你很多时间，只是帮我处理下线稿和分镜，到时候我会写上助理的名字，这点你不用担心，我不会抢你的果实。”

“我不是这个意思。”安暮晴连忙说，“我怕我做不好，我画漫画也是业余爱好，万一弄坏了你的连载，我……”

“相信自己。”白墨微笑，“我每次下课都会来这个教室画画，你有空就过来。”

“好，好的。”

答应白墨之后，安暮晴还是兴奋不起来。

若是一年前，她一定会像个神经病一样，一会儿笑着庆祝，一会儿羞涩地说胡话，一会儿开心地泪流满面。放在抽屉里，记录他发给自己短信的笔记本还保存得完好无损，可现在她连看一眼的欲望都没有。

而更多地，她关心起季暮阳的动态，热衷于和他聊天，每次他准时回信息的时候，她就觉得很满足很开心。

这种不正常的心态，自己无法解释，那么就要找人问问。

找谁好呢？

最终，安暮晴将这个人选定为周芹。找了个时间最长的课后，安暮晴拉着周芹躲在某个角落，心里纠结了半天，才说："周芹，我想跟你谈心事。"

周芹好奇地问："什么心事？"

"我喜欢白墨。"安暮晴小声说，"以前。"

"意思是现在不喜欢了？"周芹有些惊讶，"不过你喜欢白墨我还真没看出来。"她早就猜测她可能有喜欢的人，推测可能性最大的那个人是季暮阳，但两人关系那么好都没走到一起，所以她否定了这个推测。

"我也不知道怎么说，以前很想看到他，可见到的时候又紧张。他说的每句话我都记在心里，做的每一件在我看来都是完美的。"

"然后？"

"我现在突然对他的关注没那么多了，"安暮晴继续说，"我是不是移情别恋了？"

"移情谁，季暮阳？"周芹感觉不妙，"你不热心关注的缘故是因为爱到深处，已经没有其他可以做的了。”

“什么意思？”安暮晴求教。

“喜欢一个人喜欢到发狂的意思。”周芹拍了拍她的肩膀，“我建议你向他表白。”

“表白？”安暮晴身体一颤，“要是被拒绝了怎么办？”

“别不自信，说不定他就喜欢你。而且过了这学年，你可能就见不到他了，想表白都找不到人。”

安暮晴想到了说要在暑假出国的季暮阳。

如果他出国了，她也见不到他了。

其实在内心深处，她很想把他留下来。可留他下来以什么理由呢？“我们是好朋友所以你不准走”太白痴，而“我喜欢你，所以请你留下来”又显得没立场。

她喜欢季暮阳吗？答案连她自己都不知道如何。

那季暮阳喜欢她吗？他们关系亲密无间，但也只是“兄弟”关系，他对她的喜欢仅限于友情吧？又或者，其实他默默喜欢她，只是不敢表白？

久久，安暮晴问：“男生喜欢一个女生会害羞吗？”

“会害羞，但是男人是不懂矜持的，他们喜欢一个人就会主动示好主动追求主动表白，如果他含蓄或者矜持，那证明他根本不喜欢你，或者你不是他最好的选择，他还想再看看。”

也是，对方可是季暮阳。

喜欢林颖那么大张旗鼓地献殷勤，几乎每个人都知道他追过校花。

如果他真喜欢她，也会做同样的事情。

没做，是因为，不喜欢。

看，他的微妙表现出卖了他的内心。

他发现，季暮阳似乎喜欢安暮晴。

其实，安暮晴考试并没有丢掉笔，是他找借口搭讪罢了。成功吸引安暮晴加入协会后，他的目的达成，随着季暮阳的安分，他也就没再关注这件事了。

“你跟季暮阳……”白墨张口就问，“是情侣关系吗？”

“啊？”安暮晴猛地抬头，“什么？”

“看来不是。”白墨忽然愉悦了。

安暮晴下意识地追问：“怎么了？”

他抬起手宠溺地揉着她的头发：“只是突然觉得你是一只潜力股。”

没来由地，她想起来季暮阳也喜欢这样做，于是她脱口就问：“为什么你们男生都喜欢摸女生头发？”

“还有谁这样做？”

“季暮阳。”

“你允许他摸？”

安暮晴歪着头：“不能吗？”

白墨的手指一僵，然后从她头顶撤离，随后低着头画画，只是心境变得很浮躁。

外面，季暮阳远远地靠在栏杆上，将两人在教室里的一幕幕尽收眼底。虽然听不到他们说什么，可这自然的动作和亲昵的举止，让他嫉妒不已。

他在心底咆哮呐喊：安暮晴，你这笨蛋。除了我，你怎么可以让其他男人随便摸你的头发！

一转头，仰望天空。

三月的阳光正好，微风和煦。

只是心底，慢慢集聚了难以融化的积雪，让他的心寒了又寒。

2

主动请缨要以手绘的方式来代替网点，这是一个浩大的工程。

安暮晴几乎把自己的业余时间都利用起来，中午回家吃个饭顾不上午休就回教室画画。画累的时候，她就会趴在桌子上小憩。

这天中午，除了她一个人也没有，画到手酸，她活络了一下手腕后趴在桌子上准备休息，可这一休息就进入了梦乡。

梦里，天蓝云白，繁花似锦。

安暮晴坐在地上撒娇："不想走。"

前面的季暮阳回头，他叹了一口气然后走到她面前蹲下身子："上来吧。"

她兴高采烈地扑到他后背，他站了起来背着她往前走，风吹过，她的长发绕在他脖子上，两人的脸紧紧地贴在一起。

安暮晴笑嘻嘻地说："季暮阳，安暮晴。晴天才有太阳，其实在一起也不错?"

"不错个大头鬼，我们是朋友。"季暮阳嚷嚷着。

安暮晴噘嘴哼了一声。

季暮阳偏头说："既做朋友也做恋人，好不好?"

"好。"安暮晴喜滋滋地应声，然后在他脸颊亲了一口。

现实中，正在熟睡的安暮晴勾起唇角，掩饰不住的笑容在唇边流淌。而在她梦里，背着她的季暮阳突然停下来将她放下。

在她不明白怎么一回事的时候，他伸手揽住她的肩膀，头一倾，温暖的唇吻上她的唇。

真实的触感，柔软的接触。

她能尝到属于季暮阳的味道。

她睁大眼睛傻愣愣地看着他，他抬起手捂住她的眼睛，加深这个吻。

天和地一片混沌，她感觉呼吸都不顺畅，可却喜欢这样的感觉，贪恋这样的温暖和接触。

这到底是怎样的梦？让她有那么一刻在奢望着，就这样下去，不要醒来。

再美的梦都有醒来的时候，就算心底祈求也无济于事。当安暮晴醒来的时候，班上有几个学生入座，外面天气晴好，微风撩人。

她下意识地回头看向季暮阳的座位，那边空空如也。

伸手摸了一下唇瓣，安暮晴羞怯地拿起笔在纸上乱画着来减轻心里的别扭和尴尬。

她做了一个不得了的梦！

要是被季暮阳知道，他一定会嘲笑她！

课堂上，数学老师继续说着他的变形，安暮晴总是回头看季暮阳。

不过一整天他都闷闷不乐的样子，下课就出去，上课大部分时间在睡觉。看他不开心，她的心情也莫名地跌进低谷。于是，她的小脸拉得像个被霜打过的茄子。

安暮晴听课听得很不认真，老师发现了她的异常，让她到黑板上临场发挥解答最新课题。拿着粉笔，她捣鼓了半天，解答出正确答案，可运用的不是课堂上老师最新传授的公式。

知道她上课开小差，但题目解答正确，老师也不好批评什么，只是说了句“要跟上进度”就让她回座位。

老师一转身的瞬间，一个纸团飞了过来砸在她桌子上。

她胆战心惊地将纸团抓到桌子下，并本能地往季暮阳所在的方向看，此时的他朝她挑眉，示意她看内容。

她低下头展开纸条，上面写着：心情不好？

眼眶瞬间就热了，心底的湖水开始沸腾。原来，他也在关注她的小情绪。

就在她准备回小纸条的时候，又一个小纸团砸了过来，摊开一看，上面写着：明天是双休，我们社团有 COSPLAY 活动，参加吗？

明天爸妈要回老家办事，她应该可以趁机溜出去玩。

想到这里，她回纸条：时间、集合地点、哪些人？

接到纸条后季暮阳很快回：上午十点，学校大门口。我们社团所有成员，还有张亦驰、阳瑾、方初莹、周芹。

熟人这么多，安暮晴开始期待了。

中午放学，安暮晴把画好的手绘稿送到白墨所在的班级。虽是放学时间，三年级面临的升学压力，让很多学生倍加珍惜时间，校园里的学生快走完了，他们还坐在班上奋笔疾书。

里面的白墨见到安暮晴，他放下笔走了出来。

“画好了。”安暮晴双手将稿子奉上。

白墨狐疑地看了她一眼，然后翻看，本来很平淡的表情变得越来越吃惊，最后演变成赞赏。

“你是怎么做到的？”

“画的呀。”

白墨抬手，手指还没碰到她的头，她下意识地避让，让他摸了个空。

悬在空中的手僵硬在那里，放也不是，摸也不是，气氛很尴尬。

许久，他不动声色地抽手：“如果你也喜欢画画的话，我向责编推荐你。”

“啊？”

“不喜欢？”

安暮晴疑虑道：“不是，我怕我做不好，而且学业那么忙，要是因为画画影响学习，爸妈会扒我皮！”

“你还是新人，责编不会让你画长期连载，画几期小短篇差不多，等你人气积累了，他才考虑长远发展。”白墨打消了她的疑虑，“你的手机号没换吧？”

“没，没。”安暮晴赶紧说，“不过那是我爸爸的号，我也是偷着用。我给你QQ号，这个方便快捷，不用怕被他们发现。”话落，她把自己的QQ号写下来交给白墨。

下楼时，刚拐角，安暮晴的胳膊就被人捉住。

她偏头瞅了瞅，便瞧见了季暮阳拉成黄瓜的脸。

季暮阳的声音酸里酸气的：“上课心情不是不好？现在怎么又好了？看来，帅哥的魅力是无穷的。”

“上课不是看你心情不好，我被传染了？”

季暮阳皱眉："这跟我有什么关系？"

安暮晴想说"我就不能关心你吗"，话到嘴边，先是周芹从侧面走过来，一把搂住她的肩膀，后是阳瑾和方初莹前后夹击，一时间，她被包围，想对他说的那些话，就这么被打断。

阳瑾率先问："季暮阳，明天的活动是怎么安排的？"

周芹举手："我想做摄影之类的杂活。"

"到时候再安排。"季暮阳边说边看向安暮晴，此刻她用欲言又止的眼神看着他，让他既期待又忧心。期待的是，希望听到不得了的话。忧心的是，从她嘴里说出来的话，继续让他心寒又心冷。

明明都不想再抱任何奢望了，可内心最深处的小火苗，依旧无法彻底地熄灭。

只因，她是安暮晴。他喜欢她，很喜欢很喜欢。

放不下，就纠结痛苦着。舍不得，才会不断地自我折磨。如果哪一天，他能彻底斩断羁绊，或者心就不那么痛了。

3

晚上安暮晴刚登上 QQ，除了季暮阳的头像在闪，还有新的好友请求。点开新好友，备注是：白墨。她顿了顿才点击同意。

紧接着，她点开季暮阳发来的信息，上面简单地交代了明天的活动安排和注意事项。大体意思是为了拍摄和活动的效果，要去临近的城市采景，让他们带上足够的钱，上面罗列了车费和餐费的清单。

两人在 QQ 上聊了一下漫画，随后白墨的信息一个接着一个发来，都是一些讲述漫画技巧的网址，还有他责编的QQ，让她加对方为好友，说电子投稿比传统的寄信方便很多。

跟白墨寒暄了几句，然后两人都没话说了。其实，就算想找些共同话题，也不知道说什么。可跟季暮阳不同，他们只要在一起，什么都可以聊，无所顾忌。

一想到这里，她再次点开季暮阳的对话框，在里面狂轰滥炸。不过季暮阳只是说了句“妞你脑子坏了”，然后陪着她“脑子变坏”。

就在她跟季暮阳聊得热火朝天时，妈妈转动门锁发现打不开房门，听到声响的安暮晴立刻关掉QQ和所有网页，随即点开学习英语的页面，将耳机插在电脑上，做出她是利用电脑学习的好形象。

一系列的伪装完成后，她才匆忙开门。

妈妈往里面探头，看到她电脑上的英文页面，再看了看桌子上的耳机，确认她是在努力学习，紧绷的脸才温和下来。

“妈有事吗？”

“我和你爸明天去老家，你跟我们一起吧。”

“我作业很多，两天都做不完，不去了。”

“不去？”安妈皱眉，“我跟你爸要在老家住一晚，那你怎么办？”

“我自己洗衣做饭。”

“你会洗衣服，会做饭？”

“哪有不会洗衣服和做饭的，只有洗得干净不干净，做得好吃不好吃。”

“那你要在家乖乖的。”安妈也没坚持让她一起回老家，“别跟一些不三不四的学生鬼混，知道吗?”

“妈，我作业都做不完了，哪有时间鬼混。”安暮晴指着电脑说，“我去听英语听力了，还有很多语法没弄明白，我去学习了。”

“别学太晚，休息也很重要。”

“好的，妈。”

安暮晴应声后小心地关上门再反锁，然后跑到电脑前继续登QQ、开网页。对着电脑，她又开始聊天、灌水。

星期六一大清早，安爸和安妈给安暮晴留了一些零花钱后，两人便坐车回老家。

他们前脚刚走，安暮晴后面就从床上蹦起来洗漱，临走的时候，她带上了手机，再背着一个大书包出门。

门口，周芹拿着数码相机等着她，见她出来，她就冲上前揽住她的肩膀对站在外面的爸妈说：“看，我都说了，晴子也一起去的，你们偏不信。”

安暮晴嘴角抽搐，周芹这家伙又拿她当挡箭牌了!

每次周芹想做什么，都会扯上她做垫背，不然她毫无人身自由可言。

周爸问：“晴子，你们去哪?”

“是学校组织的小活动。”安暮晴撒谎道，“挺有意义的活动，有益身心健康，叔叔阿姨请放心吧。”

好学生都说“有益身心健康”了，那他们也就放一百个心让周芹跟着去“做活动”。

就这样，周芹和安暮晴同时出发，到学校门口与季暮阳等人会合。

到学校时，安暮晴意外地发现白墨也在，他被围在人群中央，一大群女生拿着相机对着他拍照，恨不能将他的脸扣在相机里面看一辈子。

穿着西装打着领带，COS成漫画学生模样的季暮阳靠在树上，他不屑地看着白墨，一副被冷落的小媳妇样，看得安暮晴忍俊不禁。

她一路小跑上前，伸手戳了一下季暮阳的腰："摆出受气蛋的样子给谁看呢？"

季暮阳抬手搭在她的肩膀上："想好COS的角色了吗？"

这回，安暮晴不再避讳他亲密的动作，也不害怕被白墨看见而误会什么。长期的相处，已经让她习惯了季暮阳的亲昵："我做辅助好了。我又没衣服也不会化妆。"

"我给你准备了套装。"

"哪个角色？"

"大众角色。"

安暮晴极为期待："看看？"

季暮阳将脚下的袋子拿起来递给她，她兴高采烈地拆开一看，衣服大小是她的码数，而且颜色和色调也是她喜欢的类型。

"还是你最懂我。"安暮晴踮起脚尖，一下子抱住了季暮阳。

"干吗？"

季暮阳没料到她会这么热情，脸一下子就红了，整个人都呆在那里，不知道接下来该有什么表示。

围观的女生将目光集中在白墨身上，大家也没发现安暮晴和季暮阳的越界行为，倒是被围在中间的白墨敏感地捕捉到了信息，他的余光一斜，锁定了两人，然后再回归，当作没看见。而站在一旁的周芹看得脸色一阵惨白，拿着相机的手越发地抖动。

“不要那么小气，让占下便宜不行呀！”安暮晴松开手，将衣服装回去。

季暮阳提醒：“你直接这么饿狼扑食，不怕白墨看见？”

安暮晴怔了一下才说：“抱你一下又不是干吗，有必要大惊小怪吗？”回过神来的她，也在心底懊恼，刚才她做什么了？怎么一下子就没矜持住呢？

不过无法否认的一点是，她越来越想靠近他、亲近他，甚至忍不住地想要触碰他。

季暮阳无奈地耸肩，刚涌起的喜悦片刻就被击散。喜欢上她，真的是非常非常煎熬的一件事。

紧接着，季暮阳开始点人数，社团的人全部到齐，只差两人：阳瑾和方初莹。

阳瑾和方初莹在最后时刻才赶到，跑到校门口的时候，认识阳瑾的人集体瞪眼张大嘴巴，表情惊人的一致，站在她旁边的方初莹露出温柔的微笑，但表情明显是尴尬的意味。

因为，她穿裙子了！

还是特别淑女的那种长裙，方格子小碎花，清新脱俗，可穿在她身上，就像一只狼穿上了羊毛衫，画面可以自行想象，那是一幅怎样惨烈的场景。

人群中的张亦驰见了，脸都青了，他立起衣领遮住半张脸，一副不敢也不忍直视的态度。

上大巴车后，安暮晴原本想和季暮阳坐在一起，但周芹速度快，霸占了季暮阳旁边那个位置，她只能往后坐，最后跟阳瑾和方初莹挤在一起。

车子行驶几十分钟后，同学们陆续睡觉了，原本嘈杂的空间一下子安静了。不过安暮晴睡意全无，阳瑾大概是被那些人的表情刺激到了，一上车就骂骂咧咧的，刚消停，方初莹才开始安慰她说大家只是没习惯，以后会改变的。

最后，方初莹挑开让阳瑾纠葛的话题："季暮阳跟白墨不是挺敌对的吗，为什么漫画和摄影两个协会能走到一起？"

阳瑾回答："据说这个活动有白墨参加，学员才有兴致。"

"白墨怎么就答应了？"

"漫画协会的会员强烈要求有一次集体活动。"阳瑾继续说，"其实那些花痴就是想借着机会给他多拍几张照。"

安暮晴心不在焉地听着，她的视线一直落在靠前的季暮阳身上。他靠在座位上闭目养神，身体随着车子的节奏左摇右晃，最后头一歪，倒在了周芹的肩膀上。

不开心！

这是安暮晴的第一想法。

许久，安暮晴问两人："你们说，喜欢一个人是什么感觉？"

阳瑾看着远处的张亦驰，嘴巴一刻不停地冒出一连串的话："每天都想看到他，每天都想表白，希望他能接受自己，想把自己最好的一面展现给他看，希望他能认可自己。见不到的时候会思念，见到他跟其他女生交往，哪怕是说话都会吃醋。会找他出现的时间踩点，然后假装偶遇。"

安暮晴继续问："那一个男生喜欢一个女生呢？"

方初莹回答："大胆的男生会写情书会表白，胆小的也会主动接近你然后旁击。"

"日久会生情吗？"

"当然！"阳瑾和方初莹一起回答，"这是必须的。"

安暮晴歪着头想了半天才问："那如果你的好姐妹跟你同时喜欢上一个人，你们会放弃他成全两人吗？"

阳瑾马上接话："感情的事情就是要占先机，你成全别人，别人说不定还在背后捅你刀子呢！而且任何违背心意的爱情，最后都是要后悔的。所以，我最讨厌圣母了！"说着又觉得不对劲，她伸手捏安暮晴的脸："你丫不会是喜欢上张亦驰了吧？你不是跟季暮阳谈得好好的吗？"

"我跟季暮阳只是好朋友，别瞎说。"安暮晴脸色涨红，"我就是随便问问。"像是被人发现了小心思似的，她的心跳开始加速，身体的每个细胞都在活跃。

"你们俩关系那么好，看起来也挺般配的。"方初莹颇为遗憾地说，"不过我听说他很久以前就开始追林颖，追了好几年了。"

追了好几年，这么执着的感情，一定非常的深刻吧。

有种叫作嫉妒的感情在身体内冲撞着，安暮晴绕着手指，心里忽然就不是滋味。

"不就那什么校花，看了就很假，真不懂那些男生在想什么，个个都是脑子抽筋。"阳瑾嗤之以鼻，"季暮阳没少在她身上投钱，不接受又不拒绝，想要什么就去暗示，这种女人最恶心了。"

安暮晴小声问方初莹："她的反应也太激烈了吧？"

“张亦驰以前也追过她，不过后来放弃了。”方初莹的声音特别低。

安暮晴点头，表示了解。

4

车子开了三个小时才到达目的地。

春暖花开的季节，花红柳绿、杨柳垂岸。一行人走在春意盎然的河岸小道上，闻着沁人心脾的花香，他们有说有笑。

一路往下，他们走到了郊区，远远望去，田野接天连地，绿草破土而出，凝结的水珠压在翠绿的叶子上摇摇欲坠，和煦的风暖人心田，让这美景斑斑如梦，一切的物事都在昭示着青春好时节。

找了隐蔽的地方换上衣服后，两队人马开始拍照。

白墨找了一个景色较美的地方开始支画架，周遭的喧闹仿若与他无关。不过就算他低调，花痴帮也不会放过他，在他画画的时候，她们拿着相机对着他一阵猛拍。

安暮晴换上衣服后，阳瑾和方初莹就猛夸这套衣服穿在她身上很好看。季暮阳也不知道从哪拿来假发戴在他头上，然后弯下腰和她保持同一水平线的高度，他一个侧头，两人的脸贴在一起，然后反手拿相机，只听咔嚓一声，合照完成。

“给我看看。”安暮晴夺过他的手机翻相册，看了一眼后她猛摇头，“好难看。”

季暮阳双手环胸低着头说：“哪里难看了，我觉得很好！”

安暮晴踮起脚尖把头靠在他肩膀上，然后举着相机自拍，瞄了一眼后她满意地把手机塞进他口袋里。

同一时刻，周芹抱着相机挤了过来："学长，我能跟你合照吗？"季暮阳还没答应，她就把相机塞给安暮晴："你帮我照几张。"随即她靠在他身上，举起手摆出标准的剪刀手来。

安暮晴呆呆地举起相机，给他们拍照。

拍完后，周芹迫不及待地看相片。望着她幸福的样子，安暮晴的内心又开始挣扎了。她觉得自己对季暮阳的感情在改变，可周芹喜欢他这是不变的事实。更糟糕的是，她不确定自己对季暮阳的感情，所以不知道下一步是进还是退。

另一边，阳瑾拽着方初莹几乎是追着张亦驰跑，左一句"亦驰我们合影吧"，右一句"亦驰我们做搭档吧"。

从始至终，张亦驰都哭丧着脸一副"姑奶奶求你别糟蹋我"的表情。

中午聚餐，阳瑾嚷嚷着谁坐张亦驰旁边就是跟她作对，导致张亦驰周围三尺无人烟。最后她端着碗大摇大摆地坐在他身侧，她每靠近他一分，他就挪一下步子，直到最后靠墙，再也无路可退才作罢。

安暮晴、季暮阳、方初莹、周芹四人坐在一张桌子上，几个人点的是套餐，吃得津津有味。而对面的白墨也端了几个小菜坐下，他拿着筷子大口大口地吃了起来，毫无形象可言。

安暮晴咬着筷子："他怎么也需要吃饭呀？"而且吃相还这么难看，完全超出她的想象。

季暮阳顺着她的目光一看，瞄到了白墨："是人都需要吃饭的。"

"哦。"安暮晴傻兮兮地应声，"我以为他不需要吃饭呢。"

“你是笨蛋吗？”季暮阳哭笑不得地捏着她的脸，“他又不是神。”

她一直以为他是神！

从她喜欢白墨的那刻开始，他在她眼里就是与众不同的。她偷偷关注过他，也幻想过无数的王子和公主的情节。在她虚构的世界里，王子的存在就是一个布景，为情节而生。

他不需要吃饭不需要喝水，不需要做凡夫俗子的事情，他的存在就是为了让她仰望，如同神祇一般，毫无瑕疵。

原来，王子是俗人，需要吃饭需要喝水，也跟普通人一样要吃喝拉撒。

没有所谓的不食人间烟火，只有大众化的人类。

如正常人一般的生活节奏。

梦，就在这一刻破灭。

她曾幻想过的美好世界，瞬间塌陷。

在青葱时代，喜欢上一个人，可以是一个眼神，一个动作，甚至是毫无缘由。对一个人的幻想的幻灭，也简单得如同脆弱的玻璃，触地即碎。

“再看眼珠子就要掉下来了。”季暮阳把她的脸拨正，“快点吃饭，下午还要继续拍摄。”

安暮晴哦了一声，埋头苦吃，不过她并没有因为白墨而悲伤，反而觉得轻松了不少，有一种背在身上很久的包袱，一下子被卸走的释然。

吃过饭，大家闲扯了一会儿，下午集合后又开始拍摄。

从田野走到农家，从农家走到柏油小路，沿途的风景被他们抓拍，一整天大家都玩得很尽兴。不知不觉天色已晚，大家准备返程，安暮晴中途内急，只好先去找地方方便一下。

其他同学陆续离开，最后只剩下季暮阳、张亦驰、阳瑾、方初莹和周芹在等安暮晴。等了很久，眼看天要黑了，大家都很着急。

“要不你们先走，我在这等她。”季暮阳知道回镇的车子在五点半停止发车，再不回去，他们都要滞留在这里。

为了及时赶回去，他们也只能接受这个提议。

临走的时候，周芹还回头表示想和他一起等，转念想想，要是坐不上最后一班车回家，她可没有安暮晴的“好学生待遇”，因此只能咬咬牙跟着他们一同离开。

安暮晴回到原地的时候，天已经黑了。

季暮阳坐在草地上很无奈地看着她：“笨蛋，你上个厕所怎么这么久？”

“拉肚子又不是我能控制的。”安暮晴委屈地噘嘴，她摁着肚子，“肚子还是很痛怎么办？”

季暮阳软了下来，他起身上前关切地问：“那不要再回去？”

“可是天黑了，待会儿我们能回去吗？”

“到时候打车回去。”

“会不会很贵？”

季暮阳豪迈地说：“哥最不缺的就是钱。”

这下安暮晴也没什么顾虑的了，她捂着肚子在季暮阳的搀扶下回去继续拉肚子。

折腾了一个多小时，安暮晴再出来的时候小脸惨白，整个人无精打采的，看上去柔弱无比，惹得季暮阳的心都软成一团。

“中午你也没吃什么，怎么就闹肚子。”季暮阳一手搂住她的腰，跟着她的步伐以蜗牛的速度往前走。

两个人走了半天到了市里，回镇的班车早就停了。打车时，司机一听是小镇，要么表示不认识路，要么开天价，季暮阳再有钱，也没带那么多现金，于是两人陷入了尴尬的境地。

“怎么办?”安暮晴忐忑地看着他，“我们要露宿街头了?”

“再穷住宿费还是付得起的。”季暮阳掏出口袋里的钱，数了数后他挑眉，“不过这些钱只能付得起一间房，敢不敢跟我在这里过夜?”

“我们?”

“还有第三个人吗?”

安暮晴茫然地看着来来往往的车流，陌生的城市，霓虹灯闪耀的夜晚，到处都充斥着魅惑的味道，可只要有季暮阳在身边，所有的恐惧和阴霾都一扫而空。

久久，安暮晴决定:“那就住这里吧，明早等班车回去。”

季暮阳先是高兴她对自己的信任，后又怀疑如果换作是其他男生，她也会这么毫无防备吗?

找了临近的宾馆，季暮阳定了双标间，服务员要求拿身份证登记的时候，安暮晴只有学生证，季暮阳有身份证，但年龄也是未成年。

服务员用暧昧的眼神看着季暮阳，随后又上下打量着安暮晴，之后她的目光一下变成了鄙夷和轻蔑。登记之后，两人一同进房间。

季暮阳脱掉鞋盘坐在床上问:“孤男寡女共处一室，你怕吗?”

“为什么怕?”

季暮阳的脸黑了："你不怕我对你为所欲为？"

"什么叫为所欲为？扁我发泄下？"

季暮阳感觉自己要心肌梗死了，她的逻辑非常人化，思想总是剑走偏锋。

"嗯，就是那种……"他试图解释得明白但又不显得猥琐，"男生见到女生饿狼扑食，大灰狼对小白兔的蹂躏，嗯……干柴烈火的燃烧。"

安暮晴听明白了，但还是不解："你不是喜欢林颖吗，为什么要对我为所欲为？"

季暮阳抬手扶额。

良久，他叹气："你是没遇到坏人，否则就凭你这情商和智商，不知道吃亏多少次了。"难道她不知道，男女单独相处，女生的境地非常危险吗？

"两者有什么本质联系？"

季暮阳不想再多说一个字了，因为他明显感觉到，在这上面跟她交流，简直是鸡同鸭讲，再说下去，他只会严重内伤。

"安暮晴，假如今天换作是白墨，或者其他男生，你愿意跟他们住在一起吗？"

安暮晴果断地摇头。

季暮阳来了兴致，他继续问："为什么？"

"因为是你，所以才放心呀。"安暮晴托着腮笑盈盈地盯着他，"从小到大，除了爸妈就数你对我最好了。"

这话听起来不错。

季暮阳心情大好，整个人也开朗了许多，之前集聚的阴云一下子就散开了。

“算你有良心。”他穿上鞋走到安暮晴面前，抬手揉乱她的头发，“走，带你去吃大餐。”

“万岁。”

安暮晴双手抱住他的胳膊，俨然就像一对亲密无间的小情侣。

5

市里比起小镇有说不出的魅力，亮如昼日的霓虹灯照在过道上，具有规模的绿化带连绵不断一眼望不到头，红绿灯让人流和车流按照规则运行，这都是小镇难见到的。

在拥挤的小巷，有大大小小的小吃，有露天的路边摊，有街边小贩卖着五花八门的小商品，果农拉着车子沿街做生意，晚上热闹异常。

季暮阳带着安暮晴在这些摊位中游走，应接不暇的小吃看得她不知道选哪个好，只要她对某个食品看上两眼，季暮阳问也不问就买下来，最后她手里拎着大袋小袋，肚子也吃成了西瓜圆。

回宾馆要过红绿灯，等红灯时，安暮晴摸着肚子嚷着吃得很满足，季暮阳的肚子也撑得圆滚滚的。

望着他肚皮凸起的部位，她伸手摸了一下：“几个月了？”

季暮阳很配合：“三个月。”

“谁的？”

他顿了顿回：“野种。”

然后两人相视而笑。

这时，绿灯亮起，安暮晴立刻往前跑，季暮阳在后面追：

“慢点。”

“绿灯了，才十五秒，快点呀！”安暮晴回头说了一句，然后拔腿加快了速度。

身侧一辆电动车不顾红灯限制疾驰而来，后面的季暮阳吓得一身冷汗，他伸手一抓，将安暮晴拉到后面，很险地让她躲过被撞倒的危险！

安暮晴眨巴了一下眼睛，被他抓过的地方生痛。

这个家伙，不抓手臂，不抓后背不抓肩膀，偏偏抓在了不该抓的位置——胸。

青春期正在发育的少女，这个部位是最敏感又最柔弱的地方，这一抓，痛楚就像是游蛇在身体内闹腾着。

默默走过斑马线，安暮晴的手肘往内侧移，想揉又不敢碰，毕竟有男生在身边，关系再铁再哥们也觉得难为情。

“哎，刚抓疼了没有，我不是故意的。”季暮阳走到她后面戳了一下她后背，“我知道自己碰到不该碰的地方了。”

他这么一说，让她窘迫得无地自容。

一瞬间，她的脸红得骇人：“我不说话就当什么都没发生，你干吗提？”

季暮阳摊手表示委屈：“我是关心你，问问也不行？”

“得了便宜还卖乖。”

安暮晴说着抬脚就要踢他，不过他躲得快，避过攻击后，继续往她伤口上撒盐：“抓了就跟没抓一样，反正你又没胸。”

安暮晴气得想吐血，气氛之余她口无遮拦地反击：“你有胸，你脱给我看看？”

“这个还真没有。”季暮阳摸了一下胸口，“胸大肌算吗，要不我们现在快点回去看看?”

安暮晴气急败坏地抬手在他的后背来了一掌“后背碎大石”:“不!要!脸!”

季暮阳哀号:“拜托，你要谋杀亲夫吗?”

“夫你个大头鬼!”

“你要是那么在意，可以求负责。”

“犯不着。”

……

两人你打我躲地往宾馆方向走。

走到宾馆前面不远，安暮晴忽然就不走了，她找了个空地，手掌在水泥地上扫了两下，很没形象地坐下来。

季暮阳拉着她胳膊:“坐在地上不冷吗?宾馆就在前面，回去坐床上多好。”

安暮晴就是不肯起来，脚底传来的阵痛让她只想休息，哪怕一会儿也好。

白天走了一天，晚上又逛街，她撑不住了，可是又不想说出来。

见她死活不听话，季暮阳无奈地坐在她旁边陪着她一起看星星。城市的夜空没有小镇璀璨华美，不过能和她一起看，所有的景色都比不上心底的温暖和不断翻涌而上的阵阵幸福感。

“你说，十年后的我们会是什么样子?”良久，季暮阳呢喃。

她憧憬道:“那时候的我一定很强，我会站在舞台上，变成最最最成功最耀眼的人。”

“你就没有想过十年后，站在你身边的那个人会是谁吗?”季暮阳问，“白墨那样的?”

安暮晴心想：其实如果是你，也不错。

她不知道为什么会有这样的想法，可几乎是一念之间冒出来的真实心声，让她混乱、茫然、心悸。

“季暮阳……”安暮晴咬着唇，挣扎了半天才缓缓开口，“你觉得我们……”脑海里又倏然浮现周芹的脸。

就这样的，那些原本想鼓起勇气对他问的试探话，最终还是没能说出口。

“我们怎么了？”

“十年后，我们都会变成最优秀的人。”

安暮晴站了起来，她很自然地抓着他的胳膊，忍着脚底的痛回宾馆。

回到宾馆，安暮晴坐在床上半天都不想动，季暮阳催促她快点梳洗睡觉，但她就是不愿听话。无奈之下，他只好先进卫生间洗澡。

季暮阳进去后，安暮晴快速地脱掉鞋和袜子，扳着脚底她歪着头看了一下，两只脚底板下面都起了小拇指长的水泡，戳了一下痛得她差点叫出声。

看了半天，她用指甲掐破水泡，黄色的黏稠液体往外冒，锥心的痛让她直抽凉气。

同一时刻，季暮阳从卫生间走了出来，一看见她在掐水泡，还有她那张因为疼痛而扭曲的脸，他感觉像是伤在自己身上，心痛极了。

“安暮晴！”季暮阳高声呵斥，“你在干什么？”

安暮晴一惊，身体往后一倒，好在后面是床，撞上去不疼。

“脚底磨成这样怎么不早说。”季暮阳三两步上前抓着她的脚看了又看，“你这个人，怎么那么爱逞强，示弱一下我就背你呀！”

难怪离宾馆那么近她不走，偏偏要在外面坐着，那时候她一定是痛得很难受吧？

可是他却没有察觉到，还以为她的脾气怪。

“又不是小孩子，老是麻烦别人多不好。”

季暮阳气愤地吼着：“我是别人吗，你就不能拿我当自己人看？口口声声说好朋友好朋友，朋友之间相互帮助不是应该的吗？”

安暮晴被他的表情吓坏了，她低声说：“以后不这样了。”

见她示弱，季暮阳表情缓和了很多。

他帮她揉着小腿给她缓解脚上的酸痛，然后又进卫生间弄湿毛巾，给她擦了一下脚底，最后命令她不要下床。

晚上睡觉的时候，季暮阳先是翻来覆去的睡不着，一个女生就睡在房间的另一张床上，让他心潮如海，怎么也平静不下来。等他平静下来睡着的时候，安暮晴醒来然后辗转反侧再也无法入眠了。

她侧头，季暮阳睡得正香甜，均匀的呼吸声在耳边回荡着，撩拨着她的心神。

也不知道怎么了，她蹑手蹑脚地爬起来，踮着脚尖跑到他床边，双手撑在床沿，她瞅着他的脸，然后鬼使神差地慢慢俯身，吻在他的唇角上。

只是一下，她的心紧张颤抖，心脏似乎能从胸腔蹦出来。

季暮阳动了动，然后翻身，这小小的动作，吓得她六神无主，她就直愣愣地站在那里，死死地看着他，一秒两秒三秒……

直到季暮阳没什么动作后，她的心跳也渐渐平复。

幸好他没醒，幸好他什么都不知道。

偷偷地跑回去后，安暮晴重新躺下，然后死命地掐自己的胳膊，一会儿傻笑一会儿心里骂自己一会儿咬着被子发疯一会儿又踢被子觉得很尴尬。

她刚才在做什么？占季暮阳的便宜？为什么要这么做？

为什么？

就是情不自禁、不由自主地占便宜了！

无法控制，外加身不由己。

这是，爱上一个人的节奏吗？

第二天醒来，季暮阳洗脸刷牙没什么异常，安暮晴坐在床上注意他的每一个细微的动作，发现他真的是毫无知觉后，悬着的心才落定。

不过，她还是觉得难以面对他，一看到他，就想起昨晚的失礼和诡异的“冲动”。

两人梳洗完毕后，季暮阳背着安暮晴去坐班车。

一路上，安暮晴都问他累不累，要不要放下她让她自己走，都被季暮阳否定。

回小镇后，安暮晴执意不让季暮阳再送她到家门口，理由是怕邻里看见说闲话。季暮阳也知道流言蜚语猛于虎，所以也不再坚持，只是一再吩咐她慢点走，回去要好好休息。

好不容易走回家，安暮晴就看到周芹站在她家门口。

“而且我觉得你还是喜欢白墨，只是喜欢久了又得不到，所以混淆了概念，把对季暮阳的友情错当成爱情。”

“是这样吗？”

“不信你去找白墨表白，这样你就能确定自己真正的心意。”

表白？

她想都没想过。

见她还是迟疑，周芹立刻说：“我给你约时间，到时候找阳瑾和初莹一起出谋划策。”

“不……”

安暮晴还想否决，周芹站起来迅速离开。

第九章　许你后会有期

那一年的夏天天高云白，他们并肩站在一望无际的原野上，夏日的晨风迎面拂过，原本咫尺的距离却最终被隔成天涯。而那些她想对他说的一些情话，最终都成为记忆里的觞画。

1

那晚之后，安暮晴和季暮阳的生活节奏很正常，只是在学校里的交流变少了。

有时候她很想主动找他说话，可每次看他和其他女生说话时，那满脸笑容的模样，她又忍不住想起周芹的话。

他的关心不仅仅对她，对其他女生也一样。

付出的感情一致，那么就不存在特殊性和重要性。

安暮晴沮丧地拿着铅笔在纸上涂鸦，随便一画就是季暮阳的卡通形象。不知从何开始，满纸白墨的脸早就被替代，等她发现的时候，不安中还带着游移不定。

这到底是喜欢，还是如周芹所说的“把友情错当成爱情”？

早上第二节下课照例是广播操时间，操场还没去，安暮晴就被阳瑾和方初莹拽到了拐角兴师问罪，而周芹也加入其中。

阳瑾不悦道：“晴子你真不够朋友，喜欢白墨那么久，居然一点消息都不透露，你心里有我这个朋友吗？”

方初莹轻声问：“你真的喜欢白墨，准备表白了？”

“没有。”安暮晴紧张地说，“我还没决定好呢！”

“再不表白，人家高考后就上大学了！”周芹怂恿道，“喜欢的话就立刻表白，错过机会日后可别说我们没劝你。”

“周芹说得对！”阳瑾拍了拍她的肩膀，“爱就要勇敢说出来，不管结果如何，勇往直前！”

安暮晴苦笑。

她又不是阳瑾，没有那么大的勇气。

藏在心里的暗恋，不需要观众不需要表白，就已经足够精彩了。

当然，曾经那段时间精彩纷呈，只不过跟季暮阳相处久了，对白墨的感情也慢慢淡了。不知道是心变了，还是暗恋太久让她感觉乏了、累了。

久久，安暮晴低着头踢着脚下的石头：“能不表白吗？”

“喜欢一个人不容易，再过两个月他就高考了，你真没机会了！”周芹显得最着急，“你要考虑清楚。”

“就是啊，你怕什么呀？天塌下来有我顶着呢！”阳瑾拍着胸口保证，“无论结果如何，我们都是你最坚强的后盾。”

方初莹也显得很激动，大家似乎对表白这种事情特别来劲。

“晴子，加油。”

“我给你约时间！”周芹的表现最积极，生怕晚了她会立刻反悔。

之后的课间操，她们没去操场，而是坐在一起商量表白的时间、地点，每一个细节都不放过。确定好之后，安暮晴在她们的建议下写了一封信由周芹作为信使送给白墨，阳瑾和周芹成为后备中坚力量。

计划合理，准备充分。

三个朋友都支持她表白，安暮晴想退都没有后路。

能怎么办？只能硬着头皮上了！

课间操结束后，安暮晴在操场外面等季暮阳，好不容易在人群中看到他，她立刻迎了上去，很习惯性地拉着他的胳膊往操场后门走。

“干吗？”

安暮晴径直地往前走：“陪我逃课。”

“我有没有听错？”季暮阳抬起另一只手挖耳朵，“好学生主动说要逃课。”

随即，他跟着她从后门穿到外面。

学校操场有两人高的水泥墙阻隔，里面是学校，外面是环水的溪流，把它们连接在一起的，是一大片的田野。

还没长成形的稻子拔高不少，翠绿修长的秸秆和叶子在微风的吹拂下此起彼伏，放眼望去波澜壮阔浩瀚无边。

季暮阳席地而坐：“怎么了，心情不好？”

“我准备向白墨表白。”许久，她低声说，视线却落在他脸上，想看他的表情，“你觉得呢？”

清浅柔和的声线，却像是疾射而来的刀，刺得他耳朵和心一阵钝痛。

心里暗潮汹涌，表面上却还是装作不动声色。

季暮阳觉得，他已经丧失自我了。那么急于表现的他，那么勇敢表达自己感情的他，遇到安暮晴之后，学会了含蓄学会了隐晦。

他曾无数次地唾弃和鄙夷现在的他，无数次地想挑明心意，可每次见到她，原本计划好的事情，全部被打乱。

“很好啊！”季暮阳微笑，“再不表白，他就毕业了，以后想找机会也难咯。”

失望将她淹没，不过她也保持镇定：“你也觉得我应该这么做？”

“喜欢就应该说出来。”季暮阳问，“什么时候表白？”

“不知道，周芹和阳瑾她们安排，我负责表白。”

“……”

然后就是长久的沉默。

空气中荡漾起淡淡的酸涩，纵使阵阵和风拂过，可竖在心墙的防备，让温暖无法抵达到心房。

静默许久，两人都找不到话题聊。

季暮阳掏出手机把玩，半天说了句：“心都碎了，到现在都没人联系我。看来以后我要是失踪了，急得满世界找我的除了我妈就是我爸。”

安暮晴脱口而出：“不会呀，我也会找。”

“真的假的？”

“当然是真的。”安暮晴立刻说，“你不知道，我现在很关心——”

后面“很关心你，经常等你信息，关注你的状态”还没说出来，季暮阳迅速打断她：“要是碰上你跟白墨亲昵的时间，你哪还记得我。”说着，他躺在地上，双手背在脑后，眼睛望着天空出神：“还是爸妈靠谱，我永远是他们心里的唯一。”

安暮晴嘴唇翕张，所有的话都无法再表达。

季暮阳这态度，应该是对她没意思的吧。如果他有一丁点地喜欢她，也不会这么大方地支持。因为不喜欢，所以才这么释然。

理由，就是这么简单。

还奢望什么呢？如周芹说的，挑明的话，连朋友都做不成了。

2

傍晚，余晖还未褪去。

红日西下，残留的光线将人影拉长。

校园里，周芹将安暮晴拉到香樟树下郑重地说：“我把信送给白墨了。”

“哦。”安暮晴对这件事显得不关心。

“白墨听说是你写的，当面拆信看了，然后说不见不散。”

“啊？”安暮晴惊讶。

要是他直接拒绝就好了，这样她也就不用费力气了。

“晚上八点，学校食堂。”周芹兴奋地说，“晴子，你要好好表现。”

“哦。”

安暮晴应声，脑子里都是季暮阳的脸。

八点是晚自习上课时间，安暮晴被周芹拖了出去。在食堂门口踌躇了半天，她都没勇气进去。一是紧张，二是心里不是那么地情愿。

周芹很卖力地推着她进去："你进去啊，不去怎么表白？"

"我害怕。"

周芹从口袋里掏出一根棒棒糖剥开塞进她嘴里："吃一根压压惊。"

她是怎么知道她喜欢吃棒棒糖的？安暮晴转脸看向周芹。

"去吧！我们支持你！"周芹费力地将安暮晴推进门。

进食堂后，白墨坐在正中间，他穿了一件白色的衬衫，飘逸的碎发在灯光下泛着淡金的色泽，精致的五官在光线的笼罩下，帅得有些不真实。

安暮晴一步一步走到白墨对面坐下。

近距离看他的脸，就没有远处看那么惊艳，脸上的瑕疵也有不少。跟季暮阳比起来，他的装扮和发型更胜一筹，所以才那么的夺目，加上他的绘画技能，自然更吸引女生的注意力。

其实仔细想来，他们接触不多，也没说过多少话。

当初为什么迷恋到发狂，她现在想想也觉得不可思议。

可毕竟迷恋他那么久，就借着这次的机会，把当初的心意传达出去吧。

安暮晴直奔主题："白墨，我喜欢你。"

白墨盯着她，目光越来越深沉。

他想起了那天他看到的一幕幕，那天在学校集合，她就那么旁若无人地抱住季暮阳。他们之间，早就超出了朋友的界限。

她喜欢过自己不算意外，可在这个时候来表白，却是相当的意外。他不傻，从他们的默契，他早已捕捉到两人的关系非比寻常。

“如果你早点说，我可能会接受。”

至于现在，如果他接受，就会成为一个天大的笑话。

她小心地试探：“拒绝？”

“答案很明确。”

丢下这句话后，白墨起身走得头也不回。

安暮晴呆呆地坐在那里脑子一片空白，这一场暗恋在变成明恋后就这样结束了，也幸好就这样结束了。

她喜欢他什么呢？了解得多吗？

她对他几乎是一无所知。

曾把他幻想成神，原来神只是一个凡人，所有的灵魂都是她虚构出来的，她爱着的只是一场童话，脆弱得经不起任何的风吹雨打。

眼泪就这样掉落，梦碎后的释然让她积压在心里无法解释无法释怀的感情流逝。

她趴在桌子上，第一次，哭得像个泪人。

许久，她擦干眼泪，露出了笑容。

而另一边，见到白墨出来后，阳瑾、周芹、方初莹急忙进来。这时的安暮晴已经擦干眼泪表现得若无其事了。

“怎么样怎么样？”阳瑾八卦地问，“战况如何？”

周芹也表示特别关心：“接受还是拒绝？”

方初莹吸气屏住呼吸去听结果。

“人都走了，当然是拒绝！”安暮晴笑着说，“回去上课。”

“拒绝一次算什么，我都被拒绝无数次了！”阳瑾搂着她的肩膀，“再接再厉。”

“不用了。”

“女追男隔层纱。”阳瑾似乎是想找追求同盟，“咱们一起，相互支持相互鼓励。”

“真的不用了，其实我也没打算表白，我还要学习呢，他真接受了，我还没时间谈。”安暮晴说，“被爸妈知道了也不好。”

“学霸就是学霸，这都什么时候了还想着学习！”阳瑾流露出由衷的敬佩，“你不知道我第一次被拒绝，哭得哟……”然后她就不说了，一副“往事不堪回事”的样子。

“我回去上自习了，离开太久也不好。”安暮晴借口回教室。

下晚自习后，安暮晴单独回家。

路过天桥，骑着自行车的季暮阳在她身侧停下：“要我载你一程吗？”

“季暮阳，陪我说说话吧。”她拉着他的衣袖，“就一会儿。”

季暮阳没问缘由，他将车子停在一边，然后跟安暮晴爬上天桥的栏杆坐下。

这座天桥是小镇最大的桥，做工粗糙设计丑陋，不过很多学生和小情侣喜欢在这里谈恋爱，因为坐在上面看夜空的时候，那种迎风的感觉真的会令人放下所有的防备。

“今晚我表白了。”

季暮阳问：“结果呢？”

“被拒绝了！”

说着，眼泪就掉下来了。

哭不是难过，而是心酸。

心酸自己曾爱慕的童话那么的脆弱，也心酸自己和季暮阳的关系不清不楚，无法挑明又不能进一步。

“别难过了。”季暮阳抬手用衣袖给她擦眼泪，“以前在教导处我妈那么讽刺你你都没哭，这才多大点的事呀，他拒绝说明他没眼光。”

“换作是你，你就不会拒绝了?”

“不是同一码事，不能相提并论。”

安暮晴低头，他这也是一种隐晦的拒绝。

如果她问“季暮阳，我们是什么关系”，他的回答是否定的，那么她一定会更难过。

“季暮阳，你真的要出国吗?”

季暮阳揉着她的头发：“爸妈是安排我暑假出国，不过我拒绝了。”

喜悦的心情蔓延，她的声音低如蚊蚋：“有你在身边，真好。”

“嗯?”

“我是说，谢谢你陪我聊天。”安暮晴挤出笑容，“很晚了，回去吧。”

季暮阳点点头，然后推着自行车陪着她一路往前走。

很短的距离，因为走得慢所以显得很漫长。

以前安暮晴不准她送到家门口，因为怕熟人看见嚼舌根。所以走到平常停下来的距离后，季暮阳就止步。

“我就送你到这，感觉你心情不好，你随时可以来找我。”

“好。”

季暮阳将车子掉头，身形在这一刻一颤。

他没有回头，踩着车呼啦一下就不见了影子。

漫天的星光熠熠生辉，月光在星光的拥簇下，高贵得像个公主。

浮躁流动的夜里，两个人，相同的苦恼，不同的心境，以及那些无法传达的情话，都在这无声的光芒里，错失了最好最佳的表达时间。

3

为了不再纠结，安暮晴埋头学习，空余的时间，她会画一些画，内容都是有关她和季暮阳的点点滴滴。

而他们之间，自从那晚之后，似乎有了隔阂，很少再主动交谈。季暮阳再次接近周芹，两人的关系亲密得让流言蜚语四起。

随后迎来的，就是燥热的暑假。季暮阳并没有听从父母的安排出国，整个暑假他跟着高考后的张亦驰在外面打篮球或者疯玩，夏天过后，晒成了黑炭。

她偶尔会主动给他留言，但是他的回复很慢也很简短，不过她已经很满足。

能回复，说明他还在。

他没有离开，那么安心的感觉会一直存在。

三年级开学，整个班级都陷入了备战状态，安暮晴也不例外。某天，季暮阳问她想考什么大学，当她说出学校名称时，他笑着说“看来我想上的话，要付出双倍努力了”，然后他开始发愤图强，下课时间也不疯玩，而是钻研习题。

时间一晃，两个月过去，秋末的季节，天气干燥，人心也浮躁不安。

某个午后，周芹拉着安暮晴神秘兮兮地说：“晴子，帮我写封情书呗。”

“给季暮阳?”

“嗯，不过我文笔不好。”周芹双手合十做祈求状，“拜托你了。”

安暮晴捉住笔的手绷紧：“这不太好吧?”

很多时候，她觉得自己越来越看不透周芹。上学期，她明确说明，自己对季暮阳的感情可能越界，最后被周芹堵了回去。

而现在，她想对季暮阳表白，居然找自己写情书。她凭什么断定，自己一定会帮忙呢?

“难道你是嫉妒?”周芹不悦，“不帮就算。”

“你要我写什么?”安暮晴问，“什么叙述的方式。”说这些话的时候，她都想扇自己一巴掌。阳瑾说感情是自私的，而她却在做“圣母”事迹。

“按照你最佳的水准写。”

“好。”

应允之后，安暮晴写了一封情真意切的表白信，内容表达堪称完美。当然，写的时候，她也融入了自己的感情。署名的时候，她差点就写了自己的名字，不过本意是帮周芹，所以没标明。

最后，她将信夹在了语文课本里，等周芹来拿。

下课的时候，一个男生挠了一下季暮阳的头。季暮阳几乎是跳起来追着男生闹，两人在班上闹得不可开交。

跑到安暮晴的位置时，季暮阳抄起她桌子上的书砸在男生头上。男生吃痛地捂着头嗷嗷大叫，季暮阳捡起书还要砸他，结果一封信纸露了出来。

他抽出来看了下，然后很镇定地塞进去，最后放回安暮晴的桌子上，而正在解答习题的她，也没注意到这些。

晚上下课，季暮阳兴冲冲地邀请安暮晴一起吃饭。原本她想拒绝，可是他却硬拖着她去路边的小排档。

里面坐着一群男生，有些人是熟面孔，跟季暮阳的关系似乎不错。

季暮阳拉着她入座，然后点菜，几个男生齐齐地盯着她看，让她浑身不自在。

“暮嫂，你好。”

“这就是传说中的暮嫂啊！”

“听说暮嫂你是学霸，能让我摸一下让我脑子开个光吗？”

男生们你一言我一语地调戏。

季暮阳将菜单一丢：“再乱说，哥翻脸了，这顿饭AA制。”

“暮哥我们错了！求抱大腿！”

“我们只是膜拜嫂子的成绩。”

男生们立刻示弱服软。

安暮晴一愣一愣的，搞不清楚状况。

吃完饭后，安暮晴小心地问：“他们怎么又叫我暮嫂？”

“我看到你写的信啦。”季暮阳搂着她的肩膀笑得灿烂如花，“写得那么好，想拒绝都不行。”

他看到信了？

周芹拿走信，应该抄了一遍才会给他吧？难道她傻乎乎地拿着她的原稿送去了？

“今天从你的语文课本里看到的。”季暮阳笑嘻嘻地说，“声明我没偷看，是不小心看到的。”嘴巴上虽这么说，心里却喜滋滋的。

你喜欢的人刚好也喜欢你，还有什么比这更高兴的事情呢？

“那信……”安暮晴想解释，可小小的自私又让她退缩了。

其实，这样也不错。

她很贪恋这样的温暖。

把他作为男友占有这种事情，她也曾想过，只是没有勇气说出口而已。

“安！暮！晴！”

这时，撕裂的声音在她耳边炸响。

安暮晴扭头一看，只见周芹捏着拳头站在那里，用近乎杀人的眼光瞪着她。而后，她转身，抹着眼泪就走。

“她怎么了？”季暮阳问。

“我去看看。”安暮晴慌忙追了过去。

季暮阳原本想跟过去，可是他的兄弟们跑了出来，硬是拉着他要来一场第二轮请客，以庆祝他交了一个学霸女友。

追上周芹后，安暮晴跟在她后面不敢说话。

僵持了一会儿，她回身瞪着她：“你跟季暮阳是怎么回事？”

“他好像看到了我写的信，误以为是我写给他的。”安暮晴解释，“这是个意外。”

周芹无话可说。

她能怎么说？责备她让季暮阳看到了信产生误解？内容本来就是她写的，虽然是自己要求的，但笔迹是她的。

“是我！”几乎是同一时刻，阳瑾大摇大摆地走了进来，“那晚最后一个走的是我，后来跟季暮阳住了一晚的人也是我。”

所有人的目光都落在了阳瑾身上，谁也无法相信一个女生就这样进来了，而且还主动承认自己是“主犯”。

“阳瑾……”安暮晴不明白她怎么会出现，而且还帮她揽下烂摊子。

阳瑾拉着凳子，架着腿坐下：“那晚我肚子疼就去拉肚子了，他们等我最后怕赶不上车先走了，季暮阳本着绅士精神留下来等我，错过班车，最好在市里住，为了节省开支，就住一起了。”

听完阳瑾的话，安妈立刻讽刺季妈：“你儿子遇到事情，就是我家晴子的错！什么责任都赖在我们身上，你也就这能耐了。”

有女生来认错，季妈脸色铁青，她愤恨地瞪着季暮阳，但人多又不好直接发泄，只能站在原地生闷气。

“晴子，我们走！”安妈拉着安暮晴就走了出去。

安暮晴回头看着阳瑾，她想回去，可硬是被妈妈拖出去。

出去后，安妈说：“今晚晚自习你别上了，回来我们好好聊聊。”然后她愤然甩手，跟安爸匆匆离开。

回教室后，安暮晴如坐针毡。

随后季暮阳一整天没上课，她趁着下课时间去教导处，里面空空如也。跑到阳瑾班上去看，她也不见人影。

晚上放学，学校大喇叭通知全校女生延迟放学半小时，男生全部离校。

各班男生虽然不明白缘由，但还是按照要求走了，女生们留下。随即每个班级的小喇叭响起了校长和教导主任的声音。

他们进行了深刻的演讲，大体内容是教育学生不应该早恋，并且把矛头对准了女生，要求女生：自尊自立自爱自重。

这行为引起了很多女生的不满，既然是恋爱，那就是双方的责任，凭什么只留下女生来批评？那一天，安暮晴趴在桌子上听了很久，心里也急躁了很久。

阳瑾做了替罪羔羊，而她却像个缩头乌龟被保护着。

突然很痛恨自己，像个废物一样地活着。

像个窝囊废一样的，被好朋友照顾。

晚上回去，家里的火药触动。

安妈狠狠地教训了安暮晴一顿，最后砸掉了电脑，还翻了她的桌子，里面记录白墨短信的笔记本，还有写的一些暗恋的心情，都成为安妈暴怒的导火线。

“什么作业做不完，你居然跑去参加活动，现在邻居们都知道了，我真觉得丢人！”

“还真以为你是在学习，看你的网页浏览记录，你看的那都是什么？漫画？”

“还有你画的那些东西，画画能当饭吃吗？不好好学习，尽想些虚无缥缈的东西。”

“你除了成绩好，什么优点都没。你不考大学，你就是废物！”

“偷你爸的手机发信息、打电话，你能耐了啊？”

……

安妈噼里啪啦地教训着，安暮晴站在那里任由打骂，从始至终都没说一个字。

第二天，安暮晴顶着又大又黑的眼圈去上课。

到学校后，她没去班级，而是到阳瑾班上找她。见到她，阳瑾跑了出来，勾着她的肩膀说："找姐干吗？"

"昨天……"安暮晴眼睛湿了，"谢谢你。"

"谢什么呀，我们是好朋友。"

"可是，可是……"眼泪坠落，安暮晴有很重的负罪感，"学校后来大喇叭……"

"我都知道，我跟季暮阳写了一天的检讨，然后都记一次大过。"

"记过？要不要紧？"

"没事，一次而已，不过再有一次就要被开除了。"阳瑾很无所谓地说，"你是好学生不能有污点，影响你以后的录取，我底子差成绩烂，烫不怕的死猪。"

"你是怎么知道我出事的？"

"几天前我就听到学生间有流传了，本来想问你，但又觉得这肯定不是真的，问了是侮辱你的人格。"阳瑾说，"那天刚好看到你们一起去教导处，就留了个心眼跟过去。"

最好的朋友就是这种。

平时疯疯癫癫地拉着你"做坏事"，等你遇到难题的时候，他会毫不犹豫地扛下来。

"对不起，对不起……"

"对不起什么呀。"阳瑾依旧笑盈盈的，"不过季暮阳那小子真有意思，居然真喜欢你，我一直觉得你们很般配，在一起也是众望所归。”最后她还是提醒：“不过这一年你最好跟季暮阳保持下距离，我总觉得这传言来得很诡异。”

随后，两人又聊了几句，直到上课铃声响起，安暮晴不得不回班级这场谈话才结束。

5

安暮晴记住了阳瑾的叮嘱与季暮阳保持一定的距离，而他也知道她的处境，所以半个学期都没再接触，哪怕是普通的交谈。

天气越来越冷，期末考试即将来临。

这天，夹着书，安暮晴在雪中疾走，走到校园湖泊，看到支着画架的白墨正在专心致志地画雪景。按理说，他应该在大学才对，为什么会出现在这里？

似乎是感受到了异样的目光，白墨回头，然后在风雨中与她对望。

他收起画架往回走，路过她身边时，停了下来。

“怎么不画了？”

“嗯？”

“责编说你消失了。”白墨的声音平淡无奇，“他还夸我你很有潜力，画完一个短篇，跟你商量下一个题材，结果截稿日过去很久，不见你上线，也找不到你人。”

“电脑被妈妈砸了。”安暮晴回答，“在她看来，画画是不务正业的。”

“我妈妈一开始也一样，她说画画是这个世界最虚无缥缈的事情，赚不到钱又没用。可后来我用实际行动告诉她，画画能赚到钱养活自己，还可以让我活得不比任何人差。”白墨鼓励，“如果你喜欢画画，那么就不要放弃。”

“等我上大学了，我一定会继续画。”安暮晴说着转身，“我要上课了，再见。”

“拜拜。”

白墨目送她瘦弱的背影在雪花中渐行渐远。

之后的几天，安暮晴每次来学校都能看到在学校采景的白墨，偶尔他看到她会叫住她，让她帮帮忙，或者请她参谋，对画的喜爱，让她每次都欣然接受。

“连载这种事情讲究持续性，断久了，读者不记得你，然后你再画就成新人了。”某天白墨给她建议，“要不你画好，趁我这段时间能见到你交给我，我帮你转给责编！”

“可以吗？”

“只要你有时间画。”

“对了，”安暮晴有些疑惑，“你不是上大学了吗，为什么会来这里？”

“我上的是艺校，放假很早。而且我喜欢这里的环境，还有在这里采景也成了习惯，一时间改不过来。”

安暮晴哦了一声，然后挥手与他道别，随后回教室。

进教室的时候，她抖掉了身上的雪花，还没坐下，就被季暮阳拉到了教室外。

自从那次后，他们基本不说话，季暮阳也很懂得保持距离，这次突然的举动，让她不知所措。

季暮阳严肃地问：“安暮晴，你是不是在跟白墨交往？”

“啊？”安暮晴茫然，“不明白。”

“这些天他们都传疯了！”季暮阳一脸吃醋的模样，“起初我不信，可刚才你们是不是在说话？他为什么会在学校出现？”

“他们学校放学比较早。”知道季暮阳是误会了，安暮晴赶紧解释，“然后我们聊了一些画画的事情。”

“安暮晴，白墨在下面，你不去看他？”同一时刻，周芹抱着书跑了过来，“他要走了，你不去送送？”

“关我什么事？”

“啊？你们不是在交往吗？”周芹疑惑的样子，“听说他是为了见你才每天来学校呀！”

安暮晴想解释，季暮阳一个甩手，冲了下去。

“季暮阳，不是这样的。”见季暮阳生气了，她的心很慌。

她追了上去，在学校主干道上，她看到季暮阳揪着白墨的衣领，对着他的脸砸了上去。不知情的白墨被他打倒在地，愤怒的季暮阳死死地摁住他的脖子不让他起来。

安暮晴上前拉扯可是根本没用。

回过神来的白墨也举着拳头，两人在雪地里打成一团。

眼看两人这么打下去会引来围观，而且季暮阳已经被记过一次，再有第二次他就要被开除了。

“季暮阳！”安暮晴上前呵斥，“你疯了吗？”

“我是疯了！”季暮阳继续跟白墨对打，“难道他不知道，抢别人的女朋友是很无耻的事吗？”

“你够了！”安暮晴抬手丢了他一巴掌。

然后季暮阳停止了所有的动作。

白墨的拳头迎了上来，正中他的鼻子。

血，流了下来。

白墨本来还想打，可见他不还手了，忽然觉得没意思。

“神经病，莫名其妙。”说了这句话后，他收拾掉了一地的颜料笔和纸就走。

雪花在飞舞，刺骨的风吹来，安暮晴打了个寒战，她的手心还在隐隐作痛，可见她当时扇他的耳光有多重。

她跪了下来，抬起手给他擦鼻血：“对不起，我不是故意的，我……”

季暮阳冷冷地挥手，啪的一声，她的手被隔开。他抬起手擦掉鼻血，声音冷到冰川里：“你知道对男人来说最不可原谅的事情是什么吗？不是被拒绝，不是被喜欢的人打！”

“知道一个人的心是怎么死的吗？”季暮阳指着自己的胸口继续一字一顿地说，“是自己的女友劈腿后，在男友想维护尊严的时候，她给了他一巴掌，否定他所有的付出。”

他缓缓地站起来，脱掉凌乱的外套扔在雪地上，噙满泪水的双眼怔怔地看着远方。

那么喜欢笑的少年，在雪中肆无忌惮地流泪。

“无论我做得多好，你也不会感动。他只要随意靠近，我所有的努力都变成零。安暮晴，你让我知道这个世界，还有人这么没心没肺！”

丢下这句话后，季暮阳朝着校门口走了出去。

安暮晴觉得自己的心都被揉碎了，痛得她难以呼吸。她紧紧地跟在季暮阳身后，有那么一刻，她怕永远失去他。

“季暮阳，我没有背叛你。”安暮晴的声音在颤抖，“给我一点时间，我们好好谈谈。”

季暮阳往前走。

安暮晴跟在后面擦眼泪，她边哭边说：“给我一点时间好吗？”

季暮阳不理会，他仍然往前走。

“季暮阳。”安暮晴跑上去捉住他的衣角。

季暮阳不回头，加快了脚步，她一路小跑跟着他不松手，最后他猛地停住脚步，猝不及防的他撞在她后背上。

“请、你、放、手！”季暮阳沉声呵斥，“安暮晴，我的自尊不是被你践踏而存在的。”

“季暮阳，我想抱抱你。”安暮晴请求。

“抱我？”季暮阳失笑，“同情我，还是来安慰我？或者说，你很好，只是我发现自己最爱的人还是白墨，我没办法控制自己所以劈腿了？”

“季暮阳！”安暮晴焦急地解释，“你就不能心平气和地跟我谈吗？”

“抱歉我是有自尊的男人，面对女友的侮辱，我觉得我们没什么好谈的，既然你觉得白墨最重要，那我退出成全你们。”季暮阳自嘲，“就当我一厢情愿地爱慕你好了。”

话落，他狠狠地甩手，先是走，然后是小跑，最后加快了速度跑走。

季暮阳，出来谈谈吧。

季暮阳，我跟白墨没什么，你真的误会了。

季暮阳，我打你一巴掌是怕你跟他打架闹大又被记过。

安暮晴借用阳瑾的手机给季暮阳发的短信全部石沉大海，给他发 QQ 信息无一例外没有得到任何的回复。

而那天之后，季暮阳也没来上课。他就像是人间蒸发了一样，不见踪影。她想去他家找，可每次都见不到他人。

阳瑾和方初莹也帮忙打听他的消息。

直到期末考试当天，阳瑾通过张亦驰得到消息：季暮阳要出国了，时间是今天下午一点的飞机。

消息来得太突然，安暮晴只觉天旋地转，心脏像是倏然被人挖空，生命一下子耗尽。

现在是八点四十，考试是九点开始，她身无分文。

“阳瑾，你有钱吗？借我钱。”安暮晴的声音在颤抖，身体也在抖动不止。

“你要去找他？他的飞机是在省会坐，我们这里去那里最起码要三个半小时，这还是最理想的打算，到时还要赶去机场。”

“借我钱，拜托。”安暮晴抱住阳瑾，情绪激动，“拜托，求求你。”

“那考试怎么办？”

“求求你，求求你。”安暮晴失声痛哭，“帮帮我。”

他走得毫无预兆，连解释的机会都不给她。

为什么以前她都没有发现，他这么固执？如果知道是这样，那天她无论如何，也要跟他解释清楚，她绝对不会放他走。

“要去我陪你去，你一个人哪能让人放心。”阳瑾掏出口袋里的钱，数了数觉得不够，然后跑到一间教室拍着桌子吼，“姐需要钱，你们有钱的全部上交，有借有还，不借的揍你们。”

阳瑾发话，没人敢不从，大家乖乖地把口袋掏空。

收了钱之后她也没数：“你们自己记一下掏了多少，到时候找我要。”

拿了钱，阳瑾陪着安暮晴先坐大巴车去县城，再坐人力车去车站买票去省会，拿到票坐上车等发车后，安暮晴急得一直在看时间，阳瑾握住她的手说："季暮阳这小子，他是铁了心吗?"

安暮晴低着头，眼泪不停地往下掉，止也止不住。

到了省会已经是十二点三十分，两人一下车就迅速打车赶去机场。

到机场后，阳瑾看飞机起飞表，最后搜索到季暮阳航班的时间和位置。

"还有五分钟他就要进站上飞机了。"

安暮晴看了一下，然后拼命地往前跑，跑的时候，人在前面挡着，她都不愿避让直接撞上去说声"对不起"然后继续往前跑。

这是她一生中最用力最拼命奔跑的一次。

一路奔驰，速度快得像是要把一切甩开，只为某个方向而努力。人的一生能遇到几个这样能让你放开一切抛弃所有的人?又有谁能让你刻骨铭心到世界因他存在而精彩?

跑着跑着，眼泪顺着眼角往后飞。

季暮阳的一举一动在她脑海里不断地涌现。

她想抓住，可是……

当她跑到进站口时，上面的时间显示是飞机起飞的时刻。

坐在上面的季暮阳即将去往陌生的国度，她再也不能与他朝夕相处了。

"季暮阳……"

安暮晴双手捂着脸蹲了下来，在人来人往的机场中号啕大哭。

6

安暮晴像行尸走肉一样每天上课、放学、吃饭、做习题。高考后，她考上了全国著名的高等学府，爸妈为此请邻里吃了三顿饭来庆祝。

可是她却无法开心。

一年，两年，三年……

季暮阳没有回国，手机号早已经废了，QQ也从未见他登录过一次。

他彻底地从她的生命里退场。

上大学后，有一段时间她一直在消沉，除了打游戏就是刷网页看机票，看异国的风景和城市。

世界飞速发展，周围不断革新。新的社交通信工具如微博、微信迅速崛起，可这些没有季暮阳参与的东西，再也勾不起她的兴致。

每次在梦里醒来，第一想起的，就是他的脸。每次看电视、看书，哪怕是走路吃饭，莫名其妙就难受得想哭，做什么都提不起精神。

可她又想，如果能再见到季暮阳，一定要是最好的状态最优秀的样子。这些年，在异国他乡的他一定变得非常优秀，她不努力，只会被取代。

随后，又是自我激励和奋进。

于是，她开始画画，最初是短篇，后来是长篇连载，积累了一定的人气，在朋友圈也小有名气。

只是，如从前般的笑容再也没有过。

因为所有的快乐和喜悦，无人与之分享。

第十章　为时光和声

曾有过的美好回忆，都被经年冲击得斑驳不堪。偶尔想起，清晰如昨的记忆让泪水模糊了视线。可是遇见你，对我来说终究是美好的一件事。谢谢你，让我欢喜一场。

1

晨曦随着渐浓的日光退场，烈阳霸道地占据在天空中，绵云翻涌。

安暮晴推开窗户，灼热的光线挤了进来，照得她胳膊发烫。

阳光微酣，蝉鸣随着流云飘远。浮躁的盛夏，那些记忆像风像雾，真实却又不真切。

打开抽屉，安暮晴收拾里面的画稿，里面藏着的都是一些单幅故事，人物自然是她和季暮阳。五年的时间一晃而过，他们在咖啡厅遇到，可他说他不喜欢她了。

时间是残忍的遗忘药，能将你所有的幻想击碎。

她对他五年的思念，唯有回忆见证。

而这些画……

安暮晴闭上眼睛。

想处理掉，可又舍不得。

就在她左右摇摆不定时，手机响起。

打开一看，是陌生的电话。她立刻接听，对面沉默了许久，直到她没耐心想挂时，季暮阳的声音响起：“是我，季暮阳。”

她的心口一颤：“你……”

“晚上有时间吗？”季暮阳迅速说，“天桥见。”

没等她说话，那边挂了电话。

呆站在原地，安暮晴久久都没回过神来。

等她清醒后，她开始翻衣柜把所有衣服都扒了出来一件一件地试，最后不会化妆的她特地跑到店里买了一套化妆品回家捣鼓。

穿上了漂亮的衣服，化了一个淡妆，安暮晴对着镜子照了一天，生怕脸上有什么瑕疵影响她的个人形象。

晚上，两人如期见面。

坐在天桥上，他们望着两岸的霓虹灯，晃动的光线与空中的繁星相应。

小镇翻天覆地变了样，当初窄窄的小桥，也被翻新得接近大城市，曾执手走过的街道逛过的商店早已不复当初的模样，一转眼，他们都长大了。

变的不仅仅是物，还有人以及他们的心。

安暮晴低头，声线浅浅：“怎么知道我的手机号？”那天自咖啡厅分别后，他们并没有留下各自的联系方式。

“前些天一些旧时同学知道我回国，有人来找我办事，有人求帮忙。然后……就顺理成章地提起了你。在他们看来你还挺优秀的。”

季暮阳双手交叉，澄澈的目光看向了深邃的夜空，光线在他脸上斑驳出晕染的光影。

“于是你要来了我的号码?”

季暮阳低头轻笑，他偏头看着安暮晴语气不明：“怎么，不能找你?”

鼻子忽然就酸了，眼睛也疼得厉害，这种动不动就想落泪的冲动，让她非常地讨厌。

高中的时候她希望自己快点长大，因为她想看到无坚不摧的自己。那个时候的她能掩藏一切她不想表露的情绪，可现在他们很轻易地从她的脸上和眼睛里捕捉她的悲欢，甚至经常想到一些让自己红了眼的事情。

看，这就是成长，让自己无比柔软和矫情。

“见到我很委屈吗?”季暮阳的眸光恍然暗了，有难受也有心痛，“或者，让你想起了什么不开心的事情，原来我在你心里，这么——”

“没有!”安暮晴迅速打断，她忍住即将夺眶而出的泪水，“对我来说，你很重要。”

季暮阳的表情平淡无奇：“那真是荣幸。”

“五年前，我想对你说的那些话，最终没有勇气说出来，我以为还有机会的，可……”

可后来的这些年，她也无法亲自传达那些爱他的话。

那一别，就是五年。

漫长的时光，漫长的等待。

让她在遗憾的洪流里彷徨和挣扎。

季暮阳的语气带着自嘲：“别告诉我，你想对我说的话是

‘我真正喜欢的人是你’，这是电视剧和小说里才会出现的情节。”

“那时候我根本没和白墨说过几句话，更没长期相处过，他的一切都是我幻想出来的，这样的感情能维持多久？只有你对我来说，才是最真实的。季暮阳，你最大的成就，就是让我在习惯中依赖你。而我最大的失败就是……在能拥有你的年华里，把你错过了。”安暮晴将自己心里的话全盘托出，她怕再不说，这些心事他永远不会知道。

她已经错过一次，现在哪怕还有一丝机会，她也要抓住！

如果可以，她再也不想失去他！

“有句话说，近在眼前的不屑一顾，失去的才觉得弥足珍贵，你是习惯了我这个备胎，现在又感情不顺，才觉得‘错过’我了吧？”

安暮晴的手指一顿，她捏紧手指，眼泪就这样肆无忌惮地汹涌而下。

季暮阳，在后来的那些年，我一直活在有你的回忆里。我爱你，整整一个青春的曾经。

如今说出来，你还是跟五年前一样，不相信、全盘否定，不给我任何解释的机会！

“这五年来，我都不知道自己是怎么了，经常吃着东西听着歌看着电视，甚至走在路上、低头与人说句话，明明什么都没想，眼泪却总是在某个不经意间掉下来，毫无预兆得让我不知道是继续哭，还是淡定地擦掉它当作什么也没发生。”

自从失去你，我的世界就翻了样。

从前你在身边，未能发觉你的重要。

或许，只有把属于你的东西抽走一段时间，才能让迟钝的人觉悟。

如果说“得不到和失去的最珍贵”是多数人的劣根性，那么这五年就是判决她“劣根性”的最好惩罚。

季暮阳质问：“如果当初你和我走到一起，是不是今天的你也会跟白墨说同样的话？遗憾错过了那么美好的他？”

安暮晴站了起来：“如果你执意这么认为，那我无话可说。”

她转过身，抬起手原本想擦眼泪，可是季暮阳的手更快，他抬手用衣袖擦掉她的眼泪，动作柔和轻盈得一如当年。

时光一拉，仿佛又回到了五年前，他的动作和味道都是那么的熟悉。

这样的温暖，她可耻地贪恋着，并想在往后的日子里一直霸占着不放。

“安暮晴……”季暮阳蓦然一声叹息，“该怎么办？我在回国前已经订婚了。”

2

春末夏初的季节，新雨过后，公园里有不少人在散步，但更多的是牵手微笑的情侣毫无顾虑地秀恩爱。彼时，凉风袭面，本该是让人惬意的事情，可走在路上的安暮晴却打了个寒战。

找了一个凉椅坐下，安暮晴支开画架开始采景画图。

有些好热闹的小年轻见她在画画，都围了过来评论一番，当人围得越来越多时，也不知道谁说了一句：“哎，她怎么哭了？”

安暮晴的手一颤，颜料笔在纸上漾出刺目的色泽，破坏了她即将画完的成图。

淡定地收起笔，撕掉画，她抬起手擦掉眼角的泪水。

曾天真地以为如果能再见到季暮阳，她会像五年前一样，笑得张狂。

可没想到，结局依旧没有任何的改变。

瞧，还是这样！

总是在自己都不知道的情况下，就这样哭了，然后，无他安慰。

再也不能回到过去了，那个曾一直以她的快乐为快乐，把她所有的负面情绪当头等大事的少年早已不复当年的模样。直到这一刻她才明白，在那些错过的年华里，回忆总是绚烂如花。无法再回首的过往，都已随着时间的风埋进了光阴的土壤，消失得无声无息。

回去的时候，安暮晴接到了阳瑾的电话，电话那端的阳瑾毫不掩饰自己的喜悦之情，但也神秘兮兮地掩盖自己为什么这么开心。

“晴子，后天有时间吗？”

“有事？”

“大四了，不少同学在这个时候找工作，所以都回来了，而且你听说了吗？季暮阳也回来了，你们……嘿嘿嘿……”

这是阳瑾喜悦的真正原因？

安暮晴的心猛地一阵绞痛：“他回不回来与我无关。”

“不是吧，当年我可是拼了命帮你跑省会，后来还还了一笔糊涂账，你们不在一起，都对不起我！”

“我——”

“我组织了同学聚会！”阳瑾大大咧咧地说着，不给安暮晴拒绝的机会，“后天晚上在我们这最大的酒店见，不来的话，友尽。”

连“友尽”都说出来了，安暮晴还有什么好说的？

就算是再不想去，也只能硬着头皮去。

聚会当天，酒店外面有自行车有电动车，还有少量的轿车。里面，三个大圆桌上都坐满了熟人。

“安暮晴，你终于来了！”穿着裙子的阳瑾一把搂住安暮晴，将她往桌子上拖。

“瑾爷，穿着裙子呢，别这样！”有男青年调笑，“张亦驰正看着呢！”

安暮晴和大家不约而同地看向张亦驰，坐在席间的他穿着白衬衫，一副好青年的装扮，他柔柔地看着阳瑾，眼里满是宠溺，看得所有人浑身起鸡皮疙瘩。

这画面就像一只小羊含情脉脉地盯着一只母狼一般，非常的不和谐。

阳瑾单手叉腰高声说：“我今天要宣布两件喜事！”说着，她走到张亦驰身后，双手环住他的脖子：“我跟亦驰一个月前交往了！几年的倒追，我的白马王子终于屈服，哈哈哈哈！”

“是不是真的？”

“有没有搞错？”

“张亦驰你没发烧吧？”

“当事人快点解释呀！”

“求爆料，求八卦！”

……

一下子，所有的人都炸开了。

这可是重磅炸弹，要知道当年的阳瑾可是费尽心机，也没能博得帅哥一笑，而且帅哥还说“我死也不会喜欢你”之类的话，这世界到底是怎么了？

张亦驰勾起唇角，笑得很温和：“我打算在她毕业的时候，就结婚！”

“真的吗？”阳瑾猛地收紧双臂，她激动地低头在他脸颊吻了一下，“什么时候做的决定？”

“在跟你交往的那刻就已经下定的决心！我对感情很认真，认准的事情，就是一辈子。”

阳瑾继续收紧手臂：“爱死你了！这几年的时间没白花！”

张亦驰差点被她勒窒息：“温柔点。”

阳瑾松开手，立刻摸着他的脖子，又是道歉又是给他哈气的，看得在场的人羡慕不已。

“你的第二个喜事呢？不要告诉我们，你已经怀了张亦驰的孩子！”

“就是，不然怎么等你毕业就结婚呢！”

……

又有八卦的男同学猥琐地猜测。

“滚你们的！”阳瑾叉腰甩头，“在我们那两届，谁成绩最好谁最优秀，还有哪两个人的曝光率和话题性最高？”

“当然是小学霸和季暮阳了！”

“还有白墨，那可是神一般的存在，当年女生集体狂追。”

……

“我要说的就是季暮阳！”阳瑾乐呵呵地笑着，“那小子回国了，我把他邀请过来了。”

在场的人有的震惊，有的兴奋，有的开始讨论。

安暮晴想阻止阳瑾继续说下去，而张亦驰的脸色也变了。

“季暮阳和安暮晴，我……”阳瑾话犹未了，张亦驰上前将她往后拉，示意她别再说下去，可她不依，“干吗呀，我在宣布好事呢！”

几乎是同一时刻，穿着正装的季暮阳走了进来，站在她身边的，是一个个子高挑，盘着优雅发型，化着精致淡妆的女子，她挽着季暮阳的胳膊，脸上带着淡淡的微笑。

那女子美得惊心动魄，一颦一笑让在场所有的男同学都屏住了呼吸。

一席摇曳的长裙半开，白皙修长的腿若隐若现，纤细的腰肢，优美的身段，都在向大家说明，这是一个完美的尤物。

阳瑾嘴巴张大，最后劈头盖脸地问：“季暮阳，这谁啊，你表妹还是表姐？”

“哈尼，你都没告诉他们我们的关系？”女子依偎在长高长壮的季暮阳怀里，显得楚楚可怜。

“哈尼……”阳瑾做出呕吐的姿势，然后学着她的样子依偎在张亦驰怀里，“你怎么不告诉我，季暮阳旁边还有这样一个妖精？”

张亦驰立刻说：“别乱抨击，她是季暮阳的未婚妻。”

未婚妻？！

阳瑾的下巴都要掉下来了，她迅速看向安暮晴。

安暮晴正在跟旁边的男青年说话，当作不在意也不关注的样子。

入座上菜时，同学们都在问季暮阳这个“海归”对国外的印象，以及国外和国内有什么区别。

季暮阳一直微笑应对，并时不时给身边漂亮的未婚妻夹菜，温柔得羡煞旁人。

席间，安暮晴一直低着头吃饭，她不会喝酒，这点很多人都知道，所以也没人对她劝酒。酒过三巡，大家都有些醉意，阵阵的笑意在耳边回荡，刺刺的痛却让她像是走在刀尖上。

她觉得自己就是多余的，这场聚会，她不应该来。

吃了饭喝了酒，这一闹就到了晚上。

季暮阳的未婚妻不认识人也说不上什么话，所以越来越按捺不住，之后一直催促他快点走，可是季暮阳就是不走。

最后僵持不下，季暮阳打电话让人接走了未婚妻，自己留下来继续插科打诨。

快到午夜的时候，大家依旧没有散场的意思，这些喝了酒的人都在聊些感情现状、就业形势，还有结婚房子的事情。

安暮晴对这些话题不感兴趣，她悄悄起身，走了出去。

外面灯火通明，不像当年，只有街道有灯光，其他地方都暗得出奇，走在路上都心惊胆战的。仰起头，碎碎的星光落在她眼里，潮湿的雾气氤氲在眼底，让她的视线一会儿清晰一会儿模糊。

“安暮晴。”浑厚的声音在她耳边响起，即使多年不见，即使声音也变了，她依旧能听得出，这声音的主人是谁。

可那又怎样呢？

他已经不属于她，他属于另一个女人！

安暮晴低着头，加快了步伐。

后面传来了急促的脚步声，然后一只有力的手抓住了她的胳膊，随即他自身后紧紧地抱住她。对他的身高和体型来说，安暮晴就像是一只小猫，刚好在他下巴以下。

她扭头，季暮阳逆光而站，让她看不清他的脸。

他的酒气扑面而来，身体的温暖，让她的后背如火灼："如果当年你喜欢我，为什么要跟白墨在一起，为什么要背叛我？"

安暮晴的声音沙哑无比："我没有跟他交往，传言从何而起我自己都不知道。"

"那在此之前，跟他表白呢？你是从什么时候开始喜欢我？"

"那是周芹她们怂恿我表白的，当时我特地找你陪我逃课说起这件事，你也支持了不是吗？我只是想探测你的意思，可你却一副加油的姿态。"说着，她的眼泪轰然砸落，滴在了季暮阳的胳膊上，在他的衬衫上染出泪渍，"那时候我自己都很矛盾，一面觉得自己最喜欢白墨，一面又觉得你对我来说是特殊的存在。等我发现对你的感情时，我只敢试探，如果贸然说喜欢你，我怕连朋友也做不成……做不成……"

季暮阳的身体在发抖，他的脑子乱成一片。

那么漫长的时光，你以为难以忘怀的事情，原来，用言语来表达却只是只言片语。而那些你以为不可原谅的背叛，真相却是由于你的失误而造成的，但你却没有给对方任何解释的机会。过尽千帆爱情已经斑驳不堪，你对自己说，就这样错过吧！可是，在内心深处你却从来没有像此刻这样地痛恨当初的自己。

骄傲的模样，绝对不放下的姿态，以及看似强大却无比懦弱的自尊。因为它们，让你在这些年的时光里，一次一次地错过。

久久，他哽咽着说："安暮晴，我们都不要再错过了！交往吧，就这样下去！从今往后，都不要有遗憾！"

安暮晴一点一点地扳开季暮阳的手，漫天的星光在她眼里恍恍惚惚，她曾幻想过的无数唯美画面，都在脑海中撕裂成片。

"季暮阳，如果你不想被我唾弃，我们之间就到此为止。我不想当横插别人感情的第三者，也不想破坏你现有的感情，更不想夺去属于另一个女人的幸福。"

当初她错过了他。

如今，她还是要错过他。

转过身，她踮起脚尖，双手环住他的脖子，吻上他的唇。片刻，迅速撤离，然后走得头也不回。

这是她最后一次放纵自己对季暮阳的感情。

从今往后，他们之间，再无瓜葛。

他们在世界的两端，背道而驰。

她的世界，不再有，季暮阳。

3

知道暗恋一个人的感觉吗？

你想靠近他，却又怕被他发现小心思。你想表白，却又怕被拒绝。你想触碰他，却又怕他抗拒。你小心翼翼地接近着，在每一个有他的角落默默注视着。

你偷偷地关注他的面部表情，喜欢揣测他的一个眼神一个微笑所蕴含的意思。

你或许是一个胆大又张扬的少年，这世界似乎没有让你惧怕的，就算是面对心仪的异性，你以为你可以豪气地说“嘿，姑娘我喜欢你”，可当你真正喜欢一个人，并趋于安定而长情时，是不是变得自卑又胆怯？会喜欢一个人到自言自语的地步还死磕着不承认，做出些稀奇古怪的事情让他人，甚至连自己都觉得莫名其妙？

你开始接近她的朋友，问她的一些情况，就是不敢主动出击。走到她的班级偷偷地看她，可真要正面对视时，又低着头匆匆离开。被对方发现后，你只能鼓起勇气找个话题聊上几句，或者趁机邀请她制造独处的机会。

明明想见她想得发疯，可是每次都算准了等她走才敢动身。

这个时候的你，纠结又矛盾，一方面想拥有她，可另一方面，神经质的爱让你害怕她像一道光在你的生活里转瞬即逝，怕她变心又怕交往后因为各种原因的悲欢别离。

暗恋就是这么一件让人孤单的心事。

一个人的电影婉转又含蓄，所有的悲欢都是一个人的独角戏。

就如同当年的他，喜欢安暮晴喜欢得发疯，可见到她还是那么的羞涩胆怯，私下模拟过几百种表白的场景，却一个都没派上用场。

然后，想触碰她的欲望，只能变成含蓄地摸摸头。或者，在她画画睡着的时候，偷吻她。

那个阳光明媚的午后，她画着稿子在班上睡着。教室里除了她空无一人，她就那么毫无防备地趴在桌子上，阳光打在她的睫毛上，落在她的脸上。也不知道她在做什么美梦，唇角流泻出来的笑意，像是一阵风撩人心弦。

她的呼吸轻柔得几乎听不到声息，少女特有的味道和芳香，让他情不自禁地弯下腰，然后侧着头，吻上她的唇。

那么轻柔的，那么小心翼翼的，带着胆战心惊的悸动，带着接触的渴望，带着亲近彼此的欲望，吻着进入梦乡的她。

可就是因为这样隐忍、试探的爱，才会那么患得患失，那么轻易地被打击。心里的不自信加上不懂得怎么呵护感情，才会在莫须有的流言蜚语里迷失自我，丧失了最基本的判断。

所以，青春里的那些爱恋，总是情不知何时起，也断得令人啼笑皆非，让往后的自己想想都充满了无尽的懊悔。

那一年的夜，星光闪耀，月光迷蒙。

在阳瑾和方初莹的怂恿下，安暮晴吃了一根棒棒糖压惊。

她走进学校的食堂，因为晚自习还未下课的原因，里面除了白墨，再无他人。她坐到白墨对面，双手放在腰的两侧紧紧地捏住衣服，试图缓解紧张的心情。

她说：白墨，我喜欢你。

他回答：如果你早点说，我可能会接受。

她小心地试探：拒绝？

他拒绝了她，然后离开。

之后，她坐在那里哭得像个泪人。

只是，她却不知道，那晚季暮阳就坐在他们看不见的角落，看着她胆怯表白的样子，就像是被一把刀贯穿了心脏，痛得心神俱裂。可就算私底下痛彻心扉，在见到她时却当作从她口中得到消息，然后贴心地安慰她。

那时候对他来说，最折磨最痛苦的事情莫过于此。我爱你，爱得已经失去自我。可一转身，却装作云淡风轻。

他曾对自己说“等待换不来刻骨铭心的爱情”，明明当初可以对林颖表白无数次，可以调戏可以说笑甚至可以厚脸皮，唯独后来爱上她，却变成了只敢试探的窝囊废。

那一天那一晚那一刻那一秒。

她在哭，他也在哭。

但从始至终无人知晓。

周芹番外：花开有期

得到季暮阳和她的未婚妻要走的消息，安暮晴还在赶漫画连载。

我问："不去送送？"

她继续画自己的画，眼也不抬，语气波澜不惊："有美女未婚妻相伴，要我去干什么？他又不是孩子，去哪都丢不掉。"

她面上这么说，我知道她的心里肯定不好受。

因为她的眼睛出卖了她：眼睛红了，泪水汪汪。

安暮晴已经不是五年前的她，我能从她的表情看出她的悲喜，那么的一目了然。

有些人在柔软中成长，比如我。

有些人在坚强中退化，类似她。

我还记得她当年说的那些话，她说：周芹，我希望快点长大！长大后，我一定是无坚不摧的。

长大后的她，柔软到让人心痛，也让我无比地自责。

喜欢季暮阳是在什么时候？

年月太久，时间模糊，我已经记得不是很清楚。

年少时的爱恋，不敢说出口，只敢偷偷地关注。知道哪些女生喜欢他，知道他会在哪些地方出没，故意踩点只为遇到他，还怂恿安暮晴冒充男生写信，转移那些暗恋他的女生们的注意力。

那时候看起来是丑小鸭的安暮晴，就这样和季暮阳遇上了。安暮晴变得越来越引人注目，也和他走得越来越近，成为所谓的“兄弟”，让我从骨子里难过。

他们走得越近，我心里难过的情绪就越来越浓烈。

为了试探安暮晴，季暮阳开始靠近我，各种对我好，来看她的反应，当然也打探她的喜好和平时的消息。

其实安暮晴好与不好，他自己心里早已经有定论，别人的意见根本左右不了他，他只是想找一个支持者罢了。单纯的他用最愚蠢的方式，来含蓄地表达自己的感情。

我很清楚他的意图，却不拆穿，也不想跟安暮晴挑明季暮阳喜欢她的事实，因为我怕失去一直仰望的神话。

之后，安暮晴与季暮阳阴差阳错地走到一起，最后又因为误会决裂。而年少气盛的季暮阳用出国的方式来斩断所有的羁绊。

随后的那些年，安暮晴变得越来越沉默，眼神越来越柔软。直到后来，跟我吃饭逛街看电影，总是莫名其妙地哭。

她佯装坚强，想伪装原因，轻轻说一句“这里的环境不好，气味真刺眼”，别人都信了，只有我不信。

我知道，她的伤心源自何处。

再后来，也不知道过了多久，我的身边有了另一个男生。

眉清目秀，性格温和，笑容和煦。

我无可抑制地爱上他，与他海誓山盟。

季暮阳的影子在我的脑海里渐渐淡化，他的名字也慢慢变远，我甚至都很难记起当初暗恋他时，到底是怎样的心情。

那些收集的相片，有关他的一切被我封在了大箱子里放入了床底，上面贴了一个封条：斩断的流年，尘封的记忆不回首。

某天，男友挖出了这些陈年旧事，看着他吃醋的样子，我觉得很开心，这证明他在乎我。不过，我也将有关季暮阳的所有回忆毫不怜惜地丢掉了。

我说：过去不重要，我只知道现在站在我身边的是你，珍惜现在比怀念过去更重要。

是的，没有什么比眼前的人更真实。

什么过去未来，都不如活在当下。

男友见我对过去放弃的很果断，于是我们的感情更加如胶似漆。

后来我才知道，有些事情正在发生时你感觉心如刀割甚至是痛不欲生，可随着时间的推移，所有你以为无法忘怀的事情，都在时间的冲刷下面目全非。曾经，你以为对一个人付出了感情后，不可能再对另一个人付出真心，也自以为除了他无人替代，其实这世界没有什么是永恒的。

而人生往往就这样，最终与你携手的，不是你当初设定的男一，也不是男二，而是你意想不到的男N号。

也从这时候我才明白，年少时的一意孤行在无形中伤害了最好的姐妹。学生时代，我们常常一起上学放学，也经常一起吃饭逛街。明明是一尘不染的友情，却因为小小的私心染上了尘埃。

我决定重新找回失落的友情，也由衷地希望这一切还来得及。结果证明只要你真心地付出，很多东西还可以挽回。我陪着安暮晴，不论别人怎么看待她的选择，我都选择支持她的决定和她画画的梦想，直到她站在成功的舞台上。

后来的后来，安暮晴在忙碌和赶稿中充实自己，她几乎将自己封闭在小小的屋子里，除了画画就是刷网页，其他的什么也不想做。渐渐地，她的画风被读者接受和追捧，名气也响了起来。

更多的忙碌和赶稿让她喘不过气，我和方初莹给她打电话的时候，都劝她注意休息，她总是笑着说“忙起来就什么都不想了”。

因为太忙，所以连难过的时间都没有，这也是解脱的一种方式。

之后，季暮阳结婚了，婚礼在国内举行。

依旧单身的安暮晴接到了邀请函，她把丰厚到令人咂舌的礼金给我，自己却没去，借口是“有个签售会要出席”，我知道她的那场签售会早就结束了，但也不戳她的痛处。

年少不懂事，我在她不知情的情况下做出了一些伤害她的事情，从最初的不满，再到现在的内疚，我也在成长中学会了背负自己应该承担的责任。

我知道，不提过往不揭伤疤，就是最好的赎罪方式。

那天带着礼金准备走的时候，我还是忍不住问：“为什么不抢走季暮阳?”

她不解：“什么?”

后记

每个人的学生时代，似乎都会暗恋过一个人，他有可能与你是青梅竹马，也可能是与你斗气的同桌，还有可能是只有惊鸿一瞥的路人甲。

而每个人的时代都可能有一个关系不错的异性朋友，介于比朋友多一点比恋人少一点的关系，有人走到一起，多数人却擦肩而过。

青春里，有很多值得你回忆的美好，也有很多遗憾。

中华国学经典精粹

文白对照·图文版

千字文·增广贤文

【南北朝】周兴嗣【清】周希陶 著
王怡晨 编译

陕西新华出版 三秦出版社

图书在版编目（CIP）数据

千字文·增广贤文 /（南北朝）周兴嗣，（清）周希陶著；王怡晨编译. —西安：三秦出版社，2018.1（2023.9重印）

ISBN 978-7-5518-1758-5

Ⅰ.①千… Ⅱ.①周… ②周… ③王… Ⅲ.①古汉语—启蒙读物 Ⅳ.①H194.1

中国版本图书馆CIP数据核字（2018）第014455号

千字文·增广贤文

［南北朝］周兴嗣 ［清］周希陶 著 王怡晨 编译

出版发行 三秦出版社
社　　址 西安市雁塔区曲江新区登高路1388号
电　　话 （029）81205236
邮政编码 710061
印　　刷 河北鑫兆源印刷有限公司
开　　本 850mm×1168mm 1/32
印　　张 4.125
字　　数 131千字
版　　次 2018年6月第1版
印　　次 2023年9月第2次印刷
标准书号 ISBN 978-7-5518-1758-5
定　　价 28.00元

网　　址 http://www.sqcbs.cn